推定悪役令嬢は
国一番のブサイクに嫁がされるようです

恵ノ島すず

23081

角川ビーンズ文庫

CONTENTS

推定悪役令嬢は
国一番のブサイクに嫁がされるようです
人物紹介
ルース
この世界でブサイクと
言われている辺境伯。
エマニュエルの婚約相手。
エマニュエル
乙女ゲームの世界に
転生した推定悪役令嬢。
国で一番のブサイクとの
婚約を言い渡される。

カランシア

エマニュエルの腐れ縁、
元近衛騎士。

リリーシア

エマニュエルに
仕える侍女。

ディルナ＆フォルトゥーナート殿下

乙女ゲームの推定ヒロインと
王太子殿下。エマニュエルが断罪される
きっかけとなる（なお関係は良好）。

本文イラスト／藤村ゆかこ

プロローグ

「国一番のブサイクって……、あのルース・サントリナ辺境伯《はく》様のこと、ですよね……？」

私の言葉に、父は苦々しい表情でうなずいた。

同席していた面々は皆《みな》、どうやら私に対する同情から、揃《そろ》って悲痛な面持《おもも》ちだ。涙《なみだ》ぐんでいる者すらいる。

信じられない。ありえない。

でも、どうやら本当のことらしい。

「つまり、ルース様に、私が嫁《とつ》ぐ。……そんな、そんなの……」

ああ、声が震《ふる》える。

表情を律することができない。

衝動《しょうどう》的に動きたがる自分の体を抑《おさ》えつけるのすら一苦労で——、

「ただのご褒美《ほうび》じゃないですかっ！」

つい漏《も》れた私の心からの叫《さけ》びに、その場のみんなが、ぴしり、と硬直《こうちょく》した。

ああ、どうしましょう。

私、今きっと今生で一番いい笑顔《えがお》になってしまっているわ。

しあわせすぎて跳《と》び跳《は》ねたい気分。万歳《ばんざい》とかしても……、いえ、だめよね。

本当は、笑顔も引っ込めなくてはいけないの。

だって、今は、悪役令嬢《れいじょう》である私の断罪の場面なのだから。

そんな場にはまったくそぐわなかったのだろう私の【ご褒美】発言からの満面の笑みに、まだ場のみんなは凍《こお》りついたままだ。

……そんなにおかしかっただろうか……。

「ん、んんっ。失礼、取り乱しました」

気まずくなった私が咳払《せきばら》いをして、精いっぱい表情を引き締《し》めてそう言うと、ようやくみんなの時間が動き出した。

さっきのはなにかの間違《まちが》いかな……？　とでも考えているのか、一同困惑《こんわく》した表情で首を傾《かし》げている。

仕切り直すかのように頭《かぶり》を振《ふ》った父が、重々しくうなずきながら口を開く。

「ああ、いや、あまりに突然《とつぜん》の話だ。混乱して当然だろう。ただ、安心してほしい。まだ婚約《こんやく》、事情が変われば破棄《はき》できる段階だ。そのためにも、私は今実際の婚姻《こんいん》を結ぶ時期をできる限り引き延ばすよう動いているところで……」

「いえ、かまいませんわ。私、ルース様に嫁がせていただきます。先方がおっしゃっているように、一ヶ月後学園を卒業したら、すぐにでも」

私ががんばって表情を引き締めるあまり無駄《むだ》にきりりとしながらそう言うと、父の眉《まゆ》がへにゃりと下がった。

今にも泣いてしまいそうだ。泣くことじゃないのに。

「し、しかし、サントリナ辺境伯は……、その……。いや確かに、人格家柄《いえがら》能力はすべて、お前の結婚相手として申し分はない。ない、が……。いや私が言えたことではないが……、けれど私から見たってあまりに、あまりにその、……醜《みにく》い、だろう。無理をせずとも……」

「かの方の姿は、私にとってはなんの問題にもなりません」

私が父の言葉を遮《さえぎ》ってそう断言すると、ほろり、と、父の瞳《ひとみ》から一粒《ひとつぶ》の涙が落ちた。

いやあの、やせ我慢《がまん》とかじゃなくて、国家への献身《けんしん》とかでもなくて、まして推定ヒロインな女神《めがみ》のいとし子様にやらかしてしまったことへの反省なんかでもまったくなくて、ただの本心なんだけどなぁ……。

だって、この世界の【醜い】だの【ブサイク】だのって、ただただ【色素が薄《うす》い】って意味でしかないんだもの。

第一章 推定悪役令嬢は断罪（？）される

たぶん、いわゆる悪役令嬢転生ってやつだったのかな、と思う。

私、エマニュエル・ベイツリーは、平成の日本からここ剣《けん》と魔法《まほう》の異世界に転生してきた、いわゆる異世界転生者だ。

こちらでの生家は公爵《こうしやく》家、婚約者は私のはとこでもある王太子。

国で随一《ずいいち》の美人《びじん》といわれる姿かたちをしていて、魔法の才能にも恵《めぐ》まれている。

おまけに、得意な魔法は氷と闇《やみ》。

このスペック、いわゆる悪役令嬢っぽい気がしないだろうか。少なくとも、私はそんな気がした。

となれば当然、破滅《はめつ》エンドを回避《かいひ》すべき、ではあるのだが。

ひとつ、大きな問題があった。

これが『私は悪役令嬢転生を果たした！』ないし『私こそが悪役令嬢である！』と断言できない理由でもあるのだが、

私、この世界のことを、まったく知らなかったんだよなぁ……。

いやなんとなくこの世界乙女《おとめ》ゲームっぽいな、とは、思ったけれども。世界観とか、起きている出来事とかから考えて。

だから、たぶんこうなるのかな？　みたいな推測は、一応立ったけれども。

でも、具体的なストーリーや登場人物には一切《いっさい》ぴんとくるものがなかったし、この世界そのものすら完全に未知のものだった。

誰《だれ》の姿を見ても、どんな名前を聞いても、いかに印象的な会話を交《か》わしても、あげくの果てに国を揺《ゆ》るがす事件が発生し本編ストーリーっぽいものが進行しはじめてすらも！

さっぱり、ひとっつも、なーんにも、知らなかったしわからなかった。

いやだって実際知らないし、こんな【珍奇《ちんき》な乙女ゲーム】。

そう、この世界は、ちょっぴり、いやかなり、もしかするとはちゃめちゃに、変、なのだ。

というのも、この世界は、美醜《びしゅう》の感覚が、私の知るそれとは、盛大《せいだい》にズレている。

まあ、改めてなにが美でなにが醜なのかと考えると、時代や文化でも変わるものだし、言葉にしづらい。こう、なんとなくバランスがいいとかそんな感じが美……？　と、もごもごしてしまうところではある。

それでも、とにかくこの世界のルールはおかしい、とは断言できる。

非常にシンプルでわかりやすくはあるのだろうが、私はどうにも奇妙《きみよう》に感じてしまう。

なにせ、『この世界の美＝髪《かみ》の色が濃《こ》い』で、『この世界の醜＝髪の色が薄い』なのだから。

まあ、一応の根拠《こんきよ》というか、原因っぽいものには覚えがある。

というのも、この世界では髪の色＝神様の祝福のあらわれと考えられている。

実際、赤は炎《ほのお》、青は水、みたいな感じで、そういう色の人はそういう魔法が得意だ。また、色が濃ければ濃いほど使える魔法が強い。複数の属性の魔法が使える人物はそれを掛《か》け合わせたような色をしていて、その究極、黒髪の人物ともなれば、それはもうだいたいどんな魔法でも使いこなせたりする。

だから、だじゃれとかではなく本当に、髪はエレメント的なあれそれをそれぞれ司《つかさど》る各神様の影響《えいきよう》を受けてその色になっている、のかもしれない。

いや魔法が使える理由とか私は知らないし、推測でしかないのだが。

でも一応、この国の宗教ではそういうことになっている。

それはまあ、いい。

だからって、なんでそれが美醜の基準にもなるのかが、いまひとつ納得《なつとく》できないだけで。

最初になんか変だなと思ったのは、私の今世の両親に対する世間の評価だ。

我が母はちょっとぽっちゃり気味だがおっとりにこにことしたかわいらしい人で、我が父は無駄に顔のいいイケオジだ。と、私は思っている。

ところが世間の評価は、艶《あで》やかな美貌の公爵夫人と、容姿に多少の難はあるが優《すぐ》れた地位と頭脳と財産で夫人を射止めた切れ者公爵、なんだそうだ。

理由は二人の色だ。

母の髪は艶《つや》のある黒で、瞳は栗皮色《くりかわいろ》。

父の髪は亜麻色《あまいろ》で、瞳は黒。

主に美醜の基準にされるのは髪だが、それにつられるかのように、瞳の色も濃い方が人に好まれやすい。

よって、母は絶世の美女となり、父は瞳が多少カバーしてくれるのを加味して、並より少し下くらいのブサイクとなるそうで。

……いやいや。いやいやいやいや《いや》。

母、癒される顔立ちはしてらっしゃるが、そこまで美女ではないと思うんだが……？

父、我が父ながら無駄にキラキラしい美形なんだが……？

父が母の美を日々熱烈《ねつれつ》に褒《ほ》め称《たた》えるのはまあ夫婦《ふうふ》仲がよろしくてよろしいですねで済むが、世間様も母の方に見惚《みと》れるの……？

母が父の容姿を気にせずに愛を返していることが母の美点として評価されるほど、父は醜いと世間様は思っている、と。

それほどまでに、色彩《しきさい》だけで美醜が決まる。

孔雀《くじゃく》か？

この世界の人類、美醜の感覚レベルが鳥か虫。

この事実を知った幼い日に、そう思った記憶《きおく》がある。

その後、逆になぜ目鼻立ちや体格体形は美醜の考慮《こうりょ》にいれないのかを周囲の人々に尋《たず》ねてまわったら、「なぜそんなものを気にするのか」だの「何代か前の王が、くるぶしのまるみ加減で妃《きさき》を選んだらしい。その方に似たのだろうか……」だの、さんざんな反応が返ってきた。

私の美醜観、まさかの【くるぶしのまるみ加減】と同レベルの、特殊《とくしゅ》なフェティシズム扱《あつか》い。いや、顔立ちや体形が、そのレベルの【どうでもいいもの】扱いされていると言った方が正確か。

うん、実に異世界な異世界に転生してしまったものだ。

この世界が乙女ゲームだとするならば、この辺が攻略《こうりゃく》対象者なんだろうなと思われる男子たちも、ステキなのは主に髪色である。全員ほぼ黒に近い色をしている。よっぽど極まった黒髪フェチが通した企画《きかく》なのだろうかと思わずにはいられない。

まあみんなその分魔法も強力なものが使えるし、顔もだいたい良《い》い感じではあるのだが、乙女ゲームの攻略対象者っぽいか？　と考えると……。正直、いささかモブっぽい容貌の人物も堂々とメンバーに並んでいるので【珍奇な乙女ゲーム】だと思わずにはいられない。というか、最終的に推定ヒロインちゃんに攻略された我が婚約者《こんやく》、王太子様その人こそが、いささかモブっぽい容貌だったりする。

私からすると落ち着きを覚えるような、過剰《かじょう》な華《はな》はない柔和《にゅうわ》な印象な顔立ちの彼は、しかしながら髪も瞳《ひとみ》ももうほぼ黒な黒褐色《こくかっしょく》なため、この世界的にはとてつもなくかっこいい、らしい。

とてつもなくかっこいい（髪色の）王子様である。

そう、私が悪役令嬢《れいじょう》っぽいという根拠に【国で随一の美人】とかあげてみたが、つまりは彼と同様、国で随一の美人（髪）なのである。

母譲《ゆず》りの、お日様の下だと青系統らしいことがなんとかわかるほどに黒い髪というのは、そりゃあもう最高の美女（髪）なのである。

あ、ついでに父譲りの黒い瞳もそこそこのポイントになるらしいので、正確には国で随一の美人（色）だろうか。

……なんにせよ、実にむなしい。

実にむなしいが、まあとにかくこの国では恵まれているスペックではある。

悪役令嬢らしく隙《すき》のない美貌（色）、人が羨《うらや》むような出自、裕福《ゆうふく》な家庭。その恩恵《おんけい》をフルに受けた贅沢《ぜいたく》でしあわせな暮らしを、今日この日まで享受《きょうじゅ》してきた。

体が弱く早世した前世から考えると、いくらでも学べて思い切り体を動かせるだけでもありがたかったのに、それ以上、この上ないほどの生活をさせてもらった自覚はある。

だから、十分だ。

これから悪役令嬢として裁かれ、きっと破滅《はめつ》エンドと思われる結末を迎《むか》えるのだとしても、魔法《まほう》の才も、それを十二分に伸《の》ばしてくれた高度な教育も、私には与《あた》えられている。

そこまでの重罪は犯《おか》していない。

罰《ばつ》としてありえるのは、ベイツリー公爵家《こうしゃくけ》からの絶縁《ぜつえん》と貴族籍《せき》の剝奪《はくだつ》、何年間か神殿《しんでん》に身を置いての社会奉仕《ほうし》活動、最悪重くて国外追放といったところだろう。

どれであろうと楽しく生きていけるだけの能力は、既《すで》に与えてもらっている。

そう腹をくくって、今日この日、私、悪役令嬢エマニュエル・ベイツリー公爵令嬢の断罪の日を、迎えたのだけれども。


悪役令嬢の断罪イベントって、こんなに地味でいいのかしら……？

それなりに覚悟《かくご》を決めて迎えた今日のこの日、まず感じたのは、そんなことだった。

国が平和になり、そろそろエンディングを迎えるのだろうと思われる二月下旬《げじゅん》の今日、私が呼び出された場所は王城の応接間。

ただし、一応城の奥まった部分にはあるものの、王族の方がごく親しい者と小規模なお茶会なんかをするときに使用される、比較的《ひかくてき》小さな部屋だ。

参加者は、推定悪役令嬢である私エマニュエル・ベイツリー、私の父であるベイツリー公爵、現状まだ一応私の婚約者であるフォルトゥナート・デルフィニューム王太子殿下、殿下の恋人《こいびと》にして推定ヒロインであり我が国を救った【女神《めがみ》のいとし子】であるディルナ・ラークスパー男爵令嬢、国王陛下。以上。

……もっとこう、大勢《おおぜい》の人の集まる場で、高らかに私の罪を暴《あば》き立て、鮮烈《せんれつ》な婚約破棄《はき》と断罪をするのがセオリーではないの……？

まあ、ああいうのはあくまで物語的な演出であって、実際に物事が決まるのは、案外こんなような、当事者だけを集めたひっそりとした会議なのかもしれない。

そう思っておこう。

さてさて、私に下される判決はなんだろうか。

王都からの追放とかで済むと嬉《うれ》しいなぁ。

今、国王陛下によってつらつら読み上げられている私の罪状、ほとんど心当たりないし。

どうも、学園で、推定ヒロインなディルナちゃんに対する、物を隠《かく》しただの嘘《うそ》を教えただの悪い噂《うわさ》を流しただのといったいじめがあったようだ。私はほとんど知らないけれど。

ただ、罪状のすべてに付いている『誰《だれ》それを使って』だの『なにがしに命じて』だのの、誰それさんやらなにがしさんらの名には、覚えがある。すべて私と仲のいい友人か、我が家と派閥《はばつ》を同じくする家の子女らだ。

使った覚えも命じた覚えもないが、本当にあったことなら、みんな私のためにしたのだろう。

婚約者の心を奪《うば》われていたのは事実だけど、私たちの婚約は政略も政略で、特別な感情はすこしもなかったのに。その上、乙女《おとめ》ゲームなら負け確定の悪役令嬢である自覚があった私は、早々に諦《あきら》めていたのに。

正直に言ってしまえば、余計なお世話でしかなかった。けれど、みんなは私のためにと動いてくれたのだろう。たぶん。

そんなことをあの子がするかなと疑問なことにもきっちりうちの派閥の人物名が添《そ》えられていて、それ、どこかの誰かがやったことを、ついでに全部うちに押し付けてない？と、思わないこともないけれど。

なんにせよ、派閥一同政治で負けたということだろう。そのトップである公爵家の長女として、私が責任をとらなければならない。

ディルナちゃんが女神様のいとし子様であると発覚した以上、彼女がこれまで軽《かろ》んじられていたことに対する落とし前は、誰かしらにつけさせなければならないのだろうし。

女神様に祝福された二人の結婚を盛大《せいだい》に祝うために、『いやいや、略奪《りゃくだつ》なんかじゃないですよー。というのも、前の婚約者ってのがそりゃあもうひどい女でね。王太子妃《ひ》にはふさわしくないと、婚約を破棄されたところだったんですよー』ってしたいんだろうし。

仕方ない。これも、この立場に付随《ふずい》する責任というものだ。

『……以上が、エマニュエル・ベイッリーの罪であり、神殿は厳格なる処罰を国に求める』……と、これが、神殿から私に送りつけられてきた親書の全文だ」

ところがそう言った後、国王陛下は、手に持っていた紙の束（どうやら神殿から送られた手紙だったらしい）を、雑に机の上に放り捨てた。

「まったく、実にくだらんな」

ついで不機嫌《ふきげん》そうに鼻をならしてそう言った陛下に、私は首を傾《かし》げてしまう。

あれ？　もしや陛下は、私を糾弾《きゅうだん》しようとしている神殿に、あまり同調してらっしゃらない……？

「本当ですよ！　エマ様は、なんにも悪いことなんかしてません！　今のお手紙の九割くらいを占《し》めていた『～という誤った作法・慣習を教え、いとし子様が失敗するよう誘導《ゆうどう》した』シリーズ、全部、純然たる私の自爆《じばく》ですし！　そんな回りくどい嫌《いや》がらせなんか、エマ様も誰もしていませんから！」

ぷりぷりと怒《いか》りをあらわにしながらそう言った推定ヒロイン、ダークブラウンの髪《かみ》と瞳がいとし子様の力を使うときだけピンクに光る、なかなか面白《おもしろ》い生態をしているディルナちゃんに、ますます私の困惑《こんわく》は深まる。彼女は怒りのあまり暴走しかけているのか、若干《じゃっかん》桃色《ももいろ》になりつつある。

いや、まあ実際、それほど堅苦《かたくる》しくない田舎《いなか》の男爵家でのびのびと育ったディルナちゃん、あんまり貴族的作法・習慣、身についてなかったけれども。

その上割と考えなしに行動するから、私が止める間もなく元気いっぱい自分でやらかしていたけれども。

むしろ、クラスメイトとして、やらかしたことをフォローしたり正しいやり方を教えているうちに、いつの間にやら【ディルナちゃん】【エマ様】と呼び合うほど仲良くなったのだけれども。

でも、あなた、私がきちんと断罪されなきゃ困る立場に自分がある自覚は、ないの……？

「ごめんなさい、エマ様。私が、無知で馬鹿《ばか》な田舎娘《むすめ》なせいで、変な言いがかりをつけられてしまって……」

うるりとその大きな瞳をうるませてディルナちゃんがそう言って、私はぎょっとしてしまう。

「いえ、そんなことは……」

「いや、ほんとに。さっきの手紙で、あー、私ってそんなにやらかしてたんだなーって、恥《は》ずかしくなりました。あ、ちゃんと反省して学習するために、さっきのやつ、書き写したりした方がいいですかね？」

私の反論を遮《さえぎ》り、ことりと小首を傾げながらそう言ったディルナちゃんの肩《かた》をそっと優《やさ》しく抱《だ》きしめるのは、彼女の隣《となり》に座る、フォルトゥナート王太子殿下。

「今や王族以上の立場になった女神のいとし子であるあなたがするなら、特に間違《まちが》いではないものも多数含《ふく》まれている。わざわざこんな悪意に満ちた禍々《まがまが》しい物を教材としなくていいと思うよ」

愛《いと》しさが全面に出た甘い声音《こわね》でそう言った彼から、なんとなく目を逸《そ》らしてしまう。

直視できないくらい甘い。甘すぎる。勘弁《かんべん》してほしい。

「じゃあやめときます！……しかし、そんなに色々変わっちゃうんですね。む、難しいなぁあ……！」

殿下の甘さなんてなかったかのように、どこまでも元気よくそう言い、うぅーと呻《うめ》いて頭を抱《かか》えたディルナちゃんに、苦笑いが漏《も》れてしまう。

「ディルナ様は、お立場が急激に変化されましたものね……」

私が思わずそう言ってしまうと、ディルナちゃんはぱっと顔をあげた。

「エマ様までディルナ【様】だなんて……！　寂《さび》しいです！　今までみたいにディルナちゃんって呼んでくださいよぅ……」

めそめそと半泣きになりながらそう言ったまでは、苦笑いで流してあげられたのだけれども。

「今まで私のことを【ほぼ庶民《しょみん》】とか【おいそこの】とか呼んでいた学園の人たちだって、急に女神のいとし子様って……。別にそのままでいいのに。私なんか、ただ」

「それ以上はいけません」

さすがに流してはあげられない発言をしたディルナちゃんの言葉を、私は遮った。

そのまま、彼女が先ほど、自身を【無知で馬鹿な田舎娘】と言ったときから言ってやりたかったことを、言ってしまうことにする。

「ディルナ様、おそれながら申し上げさせていただきます。あなた様は愛と癒《いや》しの女神様のいとし子様としての力を発現させ、国の守護竜《りゅう》様を復活させたお方です。おかげでこの国は救われました。あなた様が守った命がどれほどあるか、あなた様に感謝する者がどれほどいるか、よく考えてください」

常より硬《かた》く厳しい私の言葉に、ディルナちゃんは真剣《しんけん》に耳を傾《かたむ》けているようだ。私は、続ける。

「この国の成り立ちをなぞるような奇跡《きせき》を見せたあなた様は、この国の誰よりも貴《とうと》い身分となられました。そのあなた様が自身を低く扱《あつか》われるということは、その下にある我ら貴族も国民一同も、まとめて下げる行いと自覚して欲しく思います。あなたに感謝しあなたを崇《あが》めるすべての者を、愚弄《ぐろう》する行いだと理解してくださいませ」

きっぱりと言い切ってから『さしでがましいことを言って、これでまた罪状が増えたかな』と考える。

まあいい。きっと、一〇〇かそこらが一〇一かそこらになるだけだ。大して変わらないだろう。

「私も、エマニュエル嬢《じょう》の言うとおりだと思うよ」

王太子殿下《でんか》が柔《やわ》らかく苦笑《くしょう》しながらそう言って、どこか呆然《ぼうぜん》としていたディルナちゃんは、ゆっくりと幾度《いくど》もうなずきながら、まるで自分に言い聞かせるように語りだす。

「……なんか、今ので、最近教えてもらった色々なことが、すーってひとつにつながった気がします。そっか。だから私は、人に侮《あなど》られないふるまいをしなくちゃいけなくて、なんでも自分でやっちゃいけなくて、謝罪を気軽にしちゃ駄目《だめ》で、感謝をするときもあくまでも上からで、ああー……！」

最後は頭を抱えながらも、とにかくなんだか納得《なっとく》してくれたらしい。

「……ありがとうござい、……いいえ、ありがとう、エマ様。あなたがはっきりとおっしゃってくれなければ、私はこれからも、あなた方を貶《おとし》め続けてしまったことでしょう」

ディルナちゃんはぎこちなくも、なんとかそう言った。さっそく私に敬語を使うまいとする姿勢は素晴《すば》らしい。

ただ、『おっしゃって』だと、私をあげてしまっているんだが……。まあそんな細かいところは、講師役の人間がこれから教えていくことか。

今は、彼女の背筋がのびて、ちょっぴり威厳《いげん》っぽいものを感じられるようになったことを素直に喜んでおこう。

「……とはいえ、エマ、やはりお前は罪を償《つぐな》わなくてはいけない」

私とディルナちゃんが微笑《ほほえ》みを交《か》わして、どこかゆるんだ空気の中落とされたのは、硬い声音のそんな父の言葉だった。

「そうですね」

「な、なんでですかっ⁉　当の私が、エマ様にはなにもされてない……、どころか、学園でもこんな感じで色々教えてもらっていただけだってわかってるのに……！」

私はそれを当然のこととしてうなずいたが、ディルナちゃんは悲痛な声でそう叫《さけ》んだ。

「落ち着いてディルナ。この場の誰《だれ》も、エマニュエル嬢が悪い、とは思っていない。しかし、神殿から親書まで送られてきている以上、なにもなしに、とはいかないんだ……」

なだめるように王太子殿下がそう言ってくれたが、納得いかない様子のディルナちゃんは、そんな彼を キッと睨《にら》みつけている。

「仕方のないことです。我が公爵家《こうしゃくけ》は、政治上の戦《いくさ》で負けました。神殿が勝手に言っていることであれば、まだ勝ち筋が残っていたかもしれませんが……。もはや世間も、エマこそが悪役で、女神《めがみ》のいとし子様はそれに打ち勝ち殿下と結ばれたと思っている」

父のその言葉に、まさかの国王陛下が頭を下げた。

「本当に、すまないと思っている。不誠実なことをしたのは、王家の方だというのに……」

非公式の場とは言え一国の王のそのふるまいに、私は気まずく震《ふる》えてしまう。

陛下のいとこでもある父はそこまで気にした様子もなく、なんとも読めない無表情でうなずいているだけだが。

「かまいませんよ。敗者にはペナルティ、当然のことです。それに、婚約破棄《こんやくはき》ひとつで、王家と女神のいとし子様に貸しを作れるなら安いものだ。女神様の祝福した二人の障害になりたい人間など、この国にはいないでしょうし。とりあえず、本日付けで、エマニュエルとフォルトゥナート殿下の婚約を破棄いたしましょう」

父はさらりとそう言った。

そう、ディルナちゃんは王太子殿下と心を通わせて、女神様の奇跡を顕現《けんげん》させたのである。女神様へ呼びかけられるのはいとし子であるディルナちゃん、ではあるのだが、愛の女神だからだろうか、彼女が力を使うには、殿下が傍《そば》にいて、そしていっしょに祈《いの》らなければならない。実に乙女《おとめ》ゲーム的。

とにかくそんなわけで、この二人はもう、なにがなんでも国も神殿も挙げて全力で祝福し、末永くしあわせになってもらわなければいけないのである。

だから二人の邪魔《じゃま》になっている私と殿下の婚約は破棄。それはいい。私も特に異論はない。

「……問題は、神殿と民衆が望んでいるそれ以上、【悪女】に対する相応の罰《ばつ》、だな」

苦々しい表情で国王陛下が言った言葉に、『ざまぁってやつですね！』とわくわくしてしまっているのは、どうやら私だけのようだ。

どうやら私に悪いことをしてしまっていると思っているらしい陛下、殿下、ディルナちゃんは罪悪感に押しつぶされそうな表情で固まってしまっているし、父も『どうしたものか』と顔に書いてあるかのようである。

「けれど実際、ディルナちゃんでお願いします」

「ディルナちゃんでお願いします」

私の発言を遮る勢いで、すかさずディルナちゃんがそう主張してきた。そんなにか。

話を進めるためにも、私は素直にいとし子様のお言葉に従うことにする。

「……ディルナちゃんが、ほんの残り一割だけでも神殿のあげたようないじめにあっていた以上、私は彼女のクラスメイトとして、しかもその中でも皆《みな》をまとめあげるべき立場にあった公爵家の者として、責任をとるつもりがあります。悪女とされることも、相応の罰を与《あた》えられることも、当然のことと思っております」

「……すまない」

陛下に再び頭を下げられてしまった私は、焦《あせ》りで若干《じゃっかん》早口になりながら主張する。

「いえ、これは私自身のためでもありますから。世間様に悪女であると思われている以上、ざまぁ……失礼。相応の罰を受けた、と思っていただかなくては、私刑《しけい》を執行《しっこう》しようとする過激な方が現れないとも限りませんもの」

「それもそうだな。この国を救った【女神のいとし子様】の人気は、今や絶大だ。その熱がどう暴走するか、わかったものではない。お前を無罪放免《ほうめん》としては、集まる同情も集まりようがないしな」

父が認めた通り、守護竜様が弱り魔獣《まじゅう》たちが国のそこここで暴れ、あわや国家滅亡《めつぼう》かと暗く沈《しず》んでいた国を救った女神のいとし子様の人気は、もはやカルト的なほどだ。

そしてこの話の流れが、この国の建国の神話を、ほぼなぞっている状態なのだ。

元々小さな集落が寄り集まったような状態だったこの国の基《もと》となった地域に、【愛と癒しの女神様】の祝福を受ける乙女が出現。後に初代国王となったとある集落の長《おさ》である青年と心を通わせ、『私の祝福する二人が、愛するすべてを守れるように』と、この国の守護竜様が女神様より遣《つか》わされた。

乙女と青年の祈りに応《こた》えて力を振《ふ》るう守護竜様により、人々を襲《おそ》う凶悪《きょうあく》な魔獣からこの国は守られることとなり、国は急速に発展し永く繁栄《はんえい》した。というのが、この国の建国の神話だ。

それを再現したかのようなディルナちゃんと王太子殿下の間に立ちはだかった【悪役令《れい》嬢《じょう》】が、いかに許されざる存在かわかるだろう。

ざまぁされなきゃ、私が困る。ここでやりすぎなくらいにざまぁされておけば、我が公爵家が、後々世間の同情を得ることだって叶《かな》う。

「えっと、ちなみに今のところ、私に対する罰ってどんな候補があります……？」

ざまぁの必要性を改めて痛感した私がそっと問うと、難しい表情で黙《だま》り込んでいた父が、顔をあげた。

「国外追放、ということにして、隣国《りんごく》への留学を考えていた。……の、だが。お前と殿下の婚約が破棄になるだろうと判断した、とある家がとある提案をしてきて、神殿と貴族議会が、『それはちょうどいい』と賛同しているような状態だ」

婚約破棄、からの。ということは、よっぽど、悪役令嬢にふさわしい罰になるような過《か》酷《こく》な婚姻《こんいん》を結べ、ということか。

私の推測を裏付けるように、その話を知っているらしい国王陛下と我が父は、揃《そろ》って悲痛な表情だ。

……どうにか国外留学ですまないものだろうか。

いや、でも一応、どんなひどい結婚なのか、試《ため》しに訊《き》いてみようか。

「それは、……どういった、提案なのでしょうか」

そろりと私が問うと、国王陛下が重いため息を吐《つ》いた。

ため息を吐いたまま少しうなだれた陛下は、頭痛を堪《こら》えるかのように額を手で押さえながら、ゆっくりと教えてくれる。

「元々は、王家が対応しなければならない話であった。国防の要《かなめ》であるそのとある家に、王家から魔力の高い娘《むすめ》を嫁《とつ》がせるべきである、と、前から議題にあがってはいたんだ。ただ……」

「ああ、王家の未婚のお子様方は今、王子殿下《でんか》ばかりですものね。王家に一番近い独身者と考えると……、うん、私、ですね」

それは仕方ないのではなかろうか。もしかするとお相手がひどく年上だったりするのかもしれないが、貴族の娘の婚姻なんて、そんなものだろう。

当然の義務を果たしただけで世間様がざまぁされたと思ってくれるなら、それはそれで別に……。

あれ。でも待って。

……国防の要？　で、婚約者がいないとなると、まさか……。

「国防の要であるとある家、つまりはサントリナ辺境伯爵《はくしやく》家だが、から、エマニュエルを、学園を卒業する一ヶ月後にでも、すぐに花嫁《はなよめ》として迎《むか》えたいとの申し出があった」

「国一番のブサイクとの婚姻――、それが、エマニュエル嬢に対する罰の、現状、最有力の候補だ」

父と陛下の悲愴《ひそう》感漂《ただよ》う声音《こわね》の言葉に、感じたのは、とてつもない衝撃《しょうげき》。

サントリナ伯爵家から、国で一番ブサイクな方と、婚姻を結べとの提案。

それって、それって……！

はやる気持ちをどうにか抑《おさ》えて、震える声で、私は尋《たず》ねる。

「国一番のブサイクって……、あのルース・サントリナ辺境伯様のこと、ですよね……？」

私の言葉に、父は苦々しい表情でうなずいた。

同席していた面々は皆、どうやら私に対する同情から、揃って悲痛な面持《おもも》ちだ。涙《なみだ》ぐんでいる者すらいる。

信じられない。ありえない。

でも、どうやら本当のことらしい。

「つまり、ルース様に、私が嫁ぐ。……そんな、そんなの……」

ああ、声が震える。

表情を律することができない。

衝動《しょうどう》的に動きたがる自分の体を抑えつけるのすら一苦労で――、

「ただのご褒美《ほうび》じゃないですかっ！」

つい漏《も》れた私の心からの叫《さけ》びに、その場のみんなが、ぴしり、と硬直《こうちょく》した。


私の【ご褒美】発言から、しばし。

私はかまわない……どころか、むしろ大喜びだというのに、まだ涙目の父は、なんだかんだと食い下がり、私を説得しようとしてくる。

「わかっているのかエマニュエル。かの方は、瞳《ひとみ》も髪《かみ》もくすんだ灰色で、【色なしの辺境伯】とまで呼ばれている方だぞ」

「あの輝《かがや》きは銀色だと、私は思いますが。それに、私は好きですよ、あの方の見た目」

「!? い、いや、仮にお前が見た目を気にしないとしても、かの方は非常に魔力が少ない。『神に見捨てられた』とまで評されてしまうようなそれも、気にならないと言うのか？」

「確かに魔力は少ないようですが、だからこそ、私が辺境伯家に嫁ぐ意義があるのではないでしょうか。足りない部分を補い合う、良い夫婦《ふうふ》関係が築けるかと」

「補い合う、というか、お前にばかり負担がかかるのでは……」

「いいえ、そうは思いません。魔力は少なくとも、辺境伯様は素晴《すば》らしい剣《けん》の腕《うで》をお持ちです。あの、隣国と接しているだけではなく凶悪な魔獣《まじゅう》も多数出現する過酷な領地を、実際に守っていらっしゃるほどの。先の魔獣の氾濫《はんらん》の際にも、かの方が私たちを守っていてくださったからこそ、私は安心して長い詠唱《えいしょう》の必要な大規模魔法が使えたのです」

「……歳《とし》も、お前より一〇も上だし……」

「一〇は違《ちが》わないのですから、さしたる問題ではないかと。というかお父様自身、確かお母様とは八歳差ですよね？」

「……その、……辺境伯領は、あまりに遠い」

「そうは言いましても、同じ国の中のことでしょう。私を隣国に留学させるおつもりであったのなら、むしろ近くなっているのではないでしょうか」

私が淡々《たんたん》と反論していくうちに、父は段々とトーンを落としていった。

そろそろ諦《あきら》めて欲しいものだ。

黙り込んだ父に、私は畳《たた》みかける。

「というか、そもそも、辺境伯様との婚約が私への罰《ばつ》になるだなんて、私は思っておりません。まあ、王太子妃《ひ》から辺境伯夫人と考えると、格としては多少さがっているのでしょうが……。けれど、先の魔獣の氾濫を乗り越《こ》える中で交流した結果、私はルース様のことを、たいへん好ましく思っておりますので」

私の言葉に、一同信じがたいものを見る目で私を見た。なぜ。

守護竜《りゅう》様が弱っていたため強力な魔獣《まじゅう》が大量に出現し、ディルナちゃん含《ふく》む私たちひよっこ学園生までも参戦した戦いにおいて、ルース様は前線で大活躍《だいかつやく》なさっていたのだ。そこで惚《ほ》れ込んだ、というのは、そこまでありえない話ではないと思うのだが……。なんでだ。髪と瞳が銀色だからか。でもどんなブサイクだって関係ないくらい、めちゃくちゃかっこよかったのに。

あの活躍ぶりなら、いや実際ルース様は私からするとものすごくかっこいいルックスをしていらっしゃるのだが、たとえそうでなくとも、私はきっと惚れていた。

幾度《いくど》か会話もさせていただいたが、責任感が強く善良で、とてもステキな方だった。密《ひそ》かに憧《あこが》れてしまっていた相手だ。

だから私はしっかりと顔をあげて、心の底からの本心を、堂々と告げる。

「国外追放の憂《う》き目に遭《あ》いそうなところを、ルース様に救っていただく。世間や神殿がどう思おうと、私はそう思っております。お父様にも、この場の皆様《みなさま》にも、同じように考えていただきたいです」

私の言葉に父はうつむいて、陛下はそんな父をなぐさめるかのように肩《かた》をそっと叩《たた》き、殿下とディルナちゃんはなにやらアイコンタクトを交《か》わした。

「そこまで言わせてしまって、すまない。本来なら王家のものであるはずの責務を果たす君の献身《けんしん》に、どう感謝を示せばいいのか……」

「わ、私、神殿でちゃんと本当に偉《えら》くなって、きっとエマ様にご恩返しできるようになりますから……！」

殿下とディルナちゃんが、なにやらまだ誤解がありそうなことを言っている。

「いえあの、本心。本心です。我慢《がまん》してるけど皆さんに気をつかわせまいと健気《けなげ》にふるまっているとかではなく、私は、本当に、心から、この縁組《えんぐみ》をよろこんでいるんですってば！」

私は必死に訴《うった》えるが、殿下とディルナちゃんは、泣くのを堪《こら》えるような表情で、うんうんとうなずいているばかりだ。絶対伝わってない。

「……まあなんにせよ、そこは思い切り、恩を売っておきなさい」

父がぼそりとそう言った。

まあ確かに、今後この国のトップに立つことが確定しているこの二人に恩を売っておいたら、後々便利なのか……？

「と、とにかく！　私はよろこんでルース様に嫁ぎます！　一ヶ月後の学園の卒業後すぐに！」

これだけは決定事項《じこう》としておきたい私は、そう宣言した。

顔色を悪くした父が、慌《あわ》てた様子で私に叫ぶ。

「さ、さすがに一ヶ月後はないだろう！　婚約《こんやく》期間を、一年はとるべきだ！」

「なぜですか?」

「な、なぜって、色々と、準備が……」

「なにかと準備が必要となる式はそのくらい後としても、

「私があちらに行き、籍《せき》を入れることはできますでしょう。先方がおっしゃっている期日を、なんの理由もなく破るのは、いかがなものかと」

一歩も譲《ゆず》るつもりのない私が父と睨《にら》み合っていると、ふいに誰《だれ》かのため息が聞こえた。

「……三ヶ月間の、謹慎《きんしん》処分」

ついでぽつり、とそう言ったのは、国王陛下だった。

「……?」

首を傾《かし》げた私に再度ため息を吐《つ》いた陛下は、難しい表情で告げる。

「エマニュエル・ベイツリー公爵令嬢《れいじょう》、先ほどの神殿からの親書に、どう返したものかと、考えたのだがな。確かにエマニュエル嬢の言う通り、サントリナ辺境伯との婚姻《こんいん》は、罰にはならない。罰だとしてしまえば、それは辺境伯への、ひどい侮辱《ぶじょく》となる」

うん。それはそうだ。

私がひとつうなずいたのを確認《かくにん》してから、陛下は続ける。

「だから、君への処罰は、本日から三ヶ月間の謹慎処分だ。社交も、公的な場へ出ることも、学園の通学や行事への参加も、もちろん辺境伯領《はく》に嫁《とつ》ぐなどということも、三ヶ月間は慎《つつし》むように。……急に遠方に娘《むすめ》を嫁がせることになってしまった父親に、せめてそのくらいの心の準備期間は与《あた》えてやりなさい」

「陛下……！」

感激したかのように父がそう言って、まあ仕方がないかと、私はため息を吐く。

まあね。ご褒美《ほうび》だけじゃ、バランスとれないよね。

おそらく針の筵《むしろ》になるであろう卒業式やら好奇《こうき》の目にさらされるだろう社交界やらに出なくて良《い》いというのは、正直私も助かるし。結婚の前に、家族との時間をとっておいた方が良いのだろうし。

「……かしこまりました。陛下のご決定に、従います」

私がしぶしぶそう言うと、陛下は柔《やわ》らかく微笑《ほほえ》んだ。

だいたいの話はまとまった。

そんな気の抜《ぬ》けた雰囲気《ふんいき》のところに、なぜかむしろ表情を引き締《し》めた陛下が口を開く。

「すまないな。エマニュエル嬢には、苦労ばかりをかける」

「え、いえ、そんなことは……」

「辺境伯家とのことを抜きにしても、婚約者がいる身にもかかわらず、君を尊重せずに他《ほか》の誰かと心を通わせてしまったのは、我が愚息《ぐそく》の言い訳の余地すらない愚行だ。改めて、謝罪させてほしい」

すっと下げられてしまった陛下の頭に、私は慌ててしまう。

「いえ、いとし子様が心を通わせたお相手が、殿下《でんか》でよかったと思います」

いや本当に。

だって、これが乙女《おとめ》ゲームだとしたら、他のルートだって当然あっただろう。

その相手の家によっては、建国王の再来の新国王派と現国王派とかに、国が割れていた可能性が高い。

なにより、殿下がディルナちゃんに選ばれなかったら、私はルース様には嫁げなかったわけだし。

「……君の思慮《しりょ》深さには、頭が下がる。私もフォルトゥナートも、君のためなら、できる限りのことをすると、ここに誓《ちか》おう」

私のちゃっかりとした本心など知らないのか、知ってその程度は目をつむってくれているのか、わからないけれど。

推定悪役令嬢は、断罪イベントを乗り越え、理想の婚約者と、国王陛下と次期国王殿下と女神《めがみ》のいとし子様という豪華《ごうか》すぎる面々の、負い目と感謝を手に入れてしまったようです。

第二章　謹慎生活は手紙とともに

「……こちらから申し入れていた婚約に、了承《りょうしょう》の、返事が来た。エマニュエル嬢は謹慎があける五月の下旬《げじゅん》に我が領にいらして、すぐに私と籍をいれてこちらで生活を始めるつもりがあると、そう書いてある」

サントリナ辺境伯家の奥、当主であるルースの書斎《しょさい》で。

ルースがベイツリー公爵《こうしゃく》家から受け取った手紙を見ながらそう呟《つぶや》いた瞬間《しゅんかん》、彼の父の代から仕えている老執事《しつじ》は、盛大《せいだい》に首を傾げた。

「そ、そんなはずは、ない、と思うのですが……」

そんな執事の言葉に深くうなずいたルースは、もう一度その信じがたい内容の手紙を見返して、通算一七回目の読み直しをしてみた。しかしやはり何度見ても、そこにはそう書いてある。

書面は二通。ベイツリー公爵と国王陛下の署名が並んだエマニュエルとルースの婚約を認める書面と、エマニュエル直筆の、もはや恋文《こいぶみ》といっても差し支《つか》えないのではないかという程《ほど》この度《たび》の婚約を喜び、謹慎処分のため輿入《こしい》れが遅延《ちえん》することを真摯《しんし》に詫《わ》び、そして三ヶ月後には必ずサントリナ辺境伯領に来ると書いてあるものだ。

「その目で見なければ、信じられないだろう。私だって信じられない気持ちだ。……もういっそ、お前も読め」

ルースがそう言って差し出してきた二通の手紙をそっと受け取り、老執事は素早《すばや》くその内容に目を通していく。

別の意味に読み取れる曖昧《あいまい》な表現やこちらをだます意図の文言が含《ふく》まれているのではないかと疑いながら、執事は慎重《しんちょう》に読み進めた。

時折挟《はさ》まれる、浮《う》かれ切ったエマニュエルによる、脳に花畑でも咲《さ》いたのかと疑いたくなるような大仰《おおぎょう》なルースへの賛辞になにかをごりごりと削《けず》られながら、彼は三度、隅《すみ》から隅までをなんとか読み切る。

「……確かにそのように書いてあるように、私にも見えますね」

若干《じゃっかん》の疲《つか》れをにじませる声音《こわね》で、老執事はそう認めた。

「……どうする？」

「……こちらも、準備を急ぐ他ありませんな。三ヶ月後までに、奥様をお迎《むか》えする準備を整えなくては……」

いくぶん冷静な声音でそう交《か》わしてから、その前提となるあまりに想定外の事態をようやく呑《の》み込み、主従はそろってうろたえだす。

「え、いや、おかしいよな⁉　もっとこう、ごねられて引き延ばされる予定だっただろ⁉」

「当然にございます！　準備に時間がだ、教育が足りないだ、家族の病気だ、身内の不幸だと、なんだかんだと言い訳を重ねて三年くらいこちらにいらっしゃらないうちに、なにがしかのこじつけで婚約破棄《こんやくはき》になると想定しておりました……！」

「そう、そうだよな。というか実際、父のときがそうだったのだろう？」

「ええ。それを幾度か繰《く》り返した結果父君の婚姻は遅《おく》れに遅れ、ルース様の誕生も同じく遅れ、ルース様がその若さでしかも未婚のまま、辺境伯とならねばならない事態に……」

「父もひどい容姿をしているが、私はそれに輪をかけてだからな……。だから、まず一ヶ月後などと無茶を言ってみて、まあ当然反発されるだろうから譲歩《じょうほ》に譲歩を重ねたかのように、大いに妥協《だきょう》したというていで一年以内の婚姻成立を目指していた、よな？」

「その認識《にんしき》で、あっておられます」

互《たが》いの認識を確認し合ったルースと老執事は、揃《そろ》って大きなため息を吐《つ》いた。

そして彼らを大いにうろたえさせた想定外が記されている手紙をもう一度見ると、ルースは深刻そうな表情で、口を開く。

「まさかエマニュエル嬢《じょう》は、私が色なしだと知らないのか……？」

「なにを言っておられるのです。あなたの評判を知らない者など、この国にはおりません。だいたい、直接お会いして、何度か話もなさっているでしょう。あなたが『こんなに醜《みにく》い自分と近距離《きんきょり》で会話を交わしたのに、顔をしかめられも泣かれもしなかった』と感激して帰ってきた日のことを、私ははっきりと覚えております」

「そうだ。だから、そんな彼女が悪女の汚名《おめい》を着せられ婚約を破棄されると聞いて、いてもたってもいられず、私は新たな婚約者として名乗りを上げたんだが……。いやでも、あのお方が私なんぞとの結婚を了承してくださるなど、色なしだと知らないとしか……」

「その手紙にも、『月の輝《かがや》きに似た銀色』などと賛辞を贈《おく》られているではないですか。エマニュエル嬢は、間違《まちが》いなく【色なしの辺境伯《はく》】との婚姻《こんいん》を、それほどまでに望んでおられるのです。つまり……」

「つまり、それほどまでに、あのお方の置かれている現状が、つらいものだということ、だな？　私などのことを、そうとまで称《しょう》さねばいられないほどに」

つまりの後、結論を言いよどんだ老執事の言葉の続きを、はっきりとルースは口にした。

「……おそらくは。謹慎《きんしん》あけすぐの引っ越《こ》しを望んでおられることから考えても、もしかすると、王都では身の危険を感じるほどなのかもしれません。そこから逃《に》がし守ってくれるのならば、色なしだろうとかまわないということでしょう」

老執事はそう言って、あまりにひどい立場に追いやられているのだろう主人の思い人に思いをはせ、こみ上げてきた涙《なみだ》を、そっとぬぐった。

「あの女神のごとき慈悲《じひ》深く思慮深い令嬢を、そうまで追い詰《つ》めるなどと……！」

ぐっと拳《こぶし》を握《にぎ》りしめてそう漏《も》らしたルースの瞳《ひとみ》には、エマニュエルを追い詰めたのであろう王都の人間たちへの怒《いか》りと憎悪《ぞうお》が、はっきりとこもっていた。

同じ感情が自分の目にも宿りそうなのを堪《こら》えながら、老執事は告げる。

「エマニュエル嬢がこちらでなに不自由することのないよう、早急にすべてを整えなくてはなりませんな」

「ああ、急ぎ準備しよう。いや、この三ヶ月間もあちらの公爵邸《てい》で快適に過ごせるように、なにか慰《なぐさ》めになるものでも贈ろうか。そちらの手配も同時に頼《たの》む」

「かしこまりました。公爵邸から出られないということであればまず安全かとは思いますが、状況《じょうきょう》によっては、こちらから護衛を幾人か送ってもいいかもしれませんね」

「ああ、まずは手紙の返事を書いて、あちらの現状を窺《うかが》ってみようか」

「……エマニュエル嬢の手紙にあった『密《ひそ》かにお慕《した》い』だの『心より尊敬』だのと言った言葉を信じて、みっともなく浮ついた返事などはなさいませんように」

「わかっている。きちんとすべて、『今すぐに助けて欲しい』『本当に困っている』と読み替《か》えているさ」

「よい判断にございます。若様……ああいえ、これからはルース様のことは、旦那《だんな》様とお呼びしなくてはなりませんかな。旦那様と長く付き合いその内面を知った後ならともかく、お手紙に書いてあったような『ほとんど一目惚《ひとめぼ》れ』などということは、ありえませんから」

「知っているから、改めて言うな。しかし、嘘《うそ》でもそう書いてくれたというのは、きっと彼女の優《やさ》しさだろう。慈悲深く美しい彼女のため、私に今できるすべてをしなくては……！」

決意を固め、慌《あわ》ただしく動きだした若き辺境伯と忠実な老執事は、知らない。

エマニュエルの手紙に書かれていたルースへの賛辞も愛の告白めいた言葉も、嘘偽《うそいつわ》りなどひとつもない、心からのものだということを。

そんな彼女が辺境伯領にやってきたその日から、手紙以上にあまりに想定外の彼女の言動に、どんどん振《ふ》り回される未来があるということも。

「おい、ベイツリー公爵令嬢の処分の件、もう聞いたか？」

「ああ。たしか、三ヶ月の自宅謹慎だろ？　ちっと生ぬるいっつーか……」

「ばっかそっちじゃねえよ！　それは国と神殿《しんでん》が公表した、表向きの処分だろ？」

「え？　他《ほか》にもなにかあるのか？」

「王太子の婚約者から外されたのは知ってるだろ？　その次の婚約者が決まったんだ。相手はなんと、【色なしの辺境伯】ルース・サントリナだってよ！」

「そりゃ……、……なんっつー残酷《ざんこく》な……」

「だよな、お前もそう思うよな⁉　確かに女神《めがみ》のいとし子様をいじめたっつーのはいただけねぇが、聞いた限り、やったのはみみっちい嫌《いや》がらせだけらしいじゃねぇか」

「自分の婚約者に粉かけられたらまあそんくらいするよなって感じのな。たまたま相手が悪かったってだけで。なのに、あれほど美しいお嬢さんに、あんなのとこに嫁《よめ》に行けなんざ……」

「さすがにやりすぎじゃねーか、なあ？」

「お二人さん、それは違うらしいですよ」

「ん？」

「お？」

「なんでも、前々から、辺境伯領には王家から魔力《まりょく》の高い姫君《ひめぎみ》を嫁《とつ》がせるべきだと、議論になっていたらしいのです」

「ああ、まあ、あそこはあらゆる意味で最前線だもんな。今の辺境伯は魔力ほとんどなくてもなんかすげー強いらしいけど、次代はどうせなら魔力持ちのやつの方が確実に強いもんな」

「あそこはなにかと重要な拠点《きょてん》だから、王家ともしっかり結び付いてた方が安心だろうしな」

「そういうことです。そういった国のためのあれこれを慮《おもんぱか》って、ベイツリー公爵《こうしゃく》家のご令嬢が自ら名乗りをあげたと聞きました」

「そりゃ……、……案外、【悪女】ってわけじゃ、ないのか？」

「どころか、割と……いい人？」

「国といとし子様たちのために王太子妃《ひ》の座を譲《ゆず》り、国のためにあの辺境伯様のところに嫁ぐのですから、それはもういい人、どころではないと思いますが」

「……元々王太子との仲が冷めきってたっつーのも、色恋《いろこい》に浮《う》かれる感じの人じゃなくて、そういうどこまでも生真面目《きまじめ》でストイックな方だったから、なのかもな」

「……なんか、しあわせになってほしいな、エマニュエル様。ほら辺境伯、容姿はマズイけど、金はあるだろうし……」

「辺境伯領は豊かな領地ですからね。凶暴《きょうぼう》な魔獣《まじゅう》が出やすい地ではありますが、そういった魔獣から得られる希少で強力な素材が手に入る場所という意味でもありますから」

「隣国《りんごく》との輸出入なんかも活発でかなり儲《もう》けてるみたいだし、強い冒険《ぼうけん》者もだいたいあそこに集まってて栄えてるらしいよな。あ、そういや聞いたか？　この前……」

断罪（?）イベントから二週間後。

世間でどんな噂《うわさ》をされているのかすらわからない絶賛謹慎処分中のエマニュエル・ベイツリー公爵令嬢《れいじょう》こと私は、現在自宅に引きこもり、婚約者となったルース様との文通を楽しんでいます。

初めての色恋に浮かれ切った私は、毎日毎日彼への恋文《こいぶみ》を送りつけてしまっているのだが、ルース様は、律儀《りちぎ》にそれに返事をくれる。

暇《ひま》と魔力を持て余した私が、魔法で自動で私のもとへと返ってくる返信用レターセットを毎回作成して、いっしょに魔法で送りつけているからだとは思うが。

彼からの返事はすべて、要約すると『手紙をありがとう。今日こちらではこんなことがありました。あなたに会える日が楽しみです』程度の簡素なものだが、もはやただの締《し》めの定型文と化している『あなたに会える日が楽しみです』がそれでもどうにも嬉《うれ》しくて、私は浮かれ切っていた。

辺境伯領の暮らしも知ることができるし、もうやめられない。

「エマちゃん、また辺境伯様からの手紙を読み直しているの？」

庭のよく見える自宅のサロンでにやにやと辺境伯様からの手紙を読んでいると、ふいに母が通りかかり、あきれたような声でそう言ってきた。

そのまま私の対面のソファに腰《こし》かけた母に、私はにこりと微笑《ほほえ》んでみせる。

「はい、お母様。私、辺境伯《はく》様の字も、幾度《いくど》見ても飽《あ》きないくらい好きなんです。丁寧《ていねい》で美しく堂々とした筆致《ひっち》で……、もしもこの字で恋文なんていただいたりしたら、私、嬉しさのあまり背中に羽が生えて、辺境伯領まで飛んで行ってしまうかもしれません」

ほう、と私がため息を吐《つ》いて彼の字を撫《な》でると、母はなんだか疲《つか》れたようなため息を吐いた。

「よくもまあ、型通りの時候の挨拶《あいさつ》が添《そ》えられただけのなんの面白《おもしろ》みもない報告書のような手紙に、そこまでうっとりとできるものね。……エマちゃんがあんなに熱烈《ねつれつ》な手紙を送っているのにその返事って、私ならとっくに怒《おこ》って文通なんてやめているわ」

「仕方ありませんわ。私は辺境伯様だからこそ嫁ぎたいと思っておりますが、辺境伯様としては、魔力の多い娘《むすめ》であればだれでもよくて婚約をしたのでしょうから」

私の言葉に、母は不満そうに頬《ほお》を膨《ふく》らませている。

「でも見てください。最近はこのように、私を案じてくださるような文章も入ってきていますのよ！」

私がそう言って最新の手紙に書いてあったその部分を母の目の前に突《つ》きつけると、彼女はしばらくそこを眺《なが》めた後、首を傾《かし》げた。

「……『エマニュエル嬢の身辺警護のため、近日中にこちらから幾名か騎士《きし》を送りたく思います』？　……これ、離《はな》れて暮らす婚約者のことが心配でというよりは、『逃《に》げようとしたりするなよ。近々監視役《かんし》を送るからな』って言っているように、私には読めるのだけれども」

母は不機嫌《ふきげん》そうにそう言ったが、私はそうは思わない。

いや、もしも辺境伯様がそんな執着《しゅうちゃく》めいた感情を私に抱《いだ》いてくれているのだとすれば、それはそれで嬉しいが。

「違いますよ！　どうやら辺境伯領に、いとし子様過激派の、なんだか危険そうな噂が届いてしまったようでして、とっても心配してくださっているのです。その証拠《しょうこ》に、かなりの精鋭《せいえい》の方々を送ってくださるつもりらしく、お父様が来られる予定の方の名簿《めいぼ》を見て、『過剰《かじょう》戦力……』と呟《つぶや》いておられましたわ」

「ふうん？　国内の噂は、うちである程度コントロールしつつあるはずだけど……。あちらにはまだ、手が回っていないのかしらね？　最近は、市井《しせい》でも、エマちゃんへの同情が割と集まってきていると報告を受けていたのに……」

母はふしぎそうに首をひねったが、浮かれ切った私は浮かれ切ったまま続ける。

「なんにせよ、それだけ私のことを大切にしようと思ってくださっているに違いありませんわ。確かに手紙は少しクールな印象ですが、毎日のように贈《おく》られてくる品々は、どれも私のことを考えて選んでくださったと感じるステキなものばかりですもの」

「……まあ、そうね。エマちゃんにふさわしいだけの品々を、ぽんぽんとよこす殊勝《しゅしょう》さと財力は、評価してあげてもいいと思うわ」

「もう、お母様ったら」

私が苦笑《くしょう》すると、母はつんとすねたような表情で視線を逸《そ》らした。

母はこんな感じで、浮かれ切った私にどうにか冷や水を浴びせようとするかのように、日々ルース様にいちゃもんをつけるのに余念がない。

ただし、一番の問題とされるルース様の見た目に関しては、一度もこき下ろしたことがないが。

たぶん、母は、私とけっこう感性が似てるのだと思う。

日々『男は容姿じゃないの。裕福《ゆうふく》さと包容力よ』なんてうそぶいているが、時折うっとりと父の整った顔に見惚《みと》れているのを、私は知っている。この世界の美醜《びしゅう》観からいけば特《とく》殊《しゅ》とされてしまうそれを、どうやら彼女は秘密にしたがっているようなので、確かめたことはないけれど。

だから、色以外の姿かたちは完璧《かんぺき》で、それ以外のスペックに関しても文句のつけようがないほどのルース様のことだって、なんだかんだ評価してくれているはずだ。たぶん。きっと。だといいな。

「……ねえエマちゃん、そんなにしあわせいっぱいのお顔、おうちの外では絶対にしちゃだめよ？」

ふいに母があきれのにじんだ声でそう言ってきたことで、なるほど、問題はルース様というより、私があまりに浮かれすぎている方かと悟《さと》る。

まあそれもそうか。神殿《しんでん》や貴族議会は私に対するペナルティになるだろうという心づもりで私とルース様の婚約《こんやく》を後押ししてくれたのだろうに、私が実際こんなにもハッピーだと知ったら、面白くないだろう。

そう気づいた私は気まずさで視線を泳がせてみたが、母がじ――っと私を見つめるばかりなので、観念して、口を開く。

「わ、わかっています。外ではちゃんと、顔を引き締めますよ。……いやでも、あまり深刻そうな表情をしていて、この婚姻《こんいん》が不服かのようにルース様に思われるのも嫌《いや》です。え、あれ。わ、私、どんな表情をしてあちらに嫁《とつ》げばよいのですか……!?」

二ヶ月半後にこの家を出るとき、私はどんな表情をしているべきなのか。

よく考えてみればよくわからない。

私に泣きつかれた母は小首を傾げながら、ゆったりと答える。

「んー、そうねぇ。辺境伯家に着いてあちらの皆《みな》さんに挨拶をする段階になったら、初めて笑顔《えがお》を見せる、くらいで十分じゃないかしら？　一応は道中各所に挨拶をする予定も入っているし、サントリナ家の騎士も同行するはずでしょう？　誰《だれ》がどこでどう見てなんて言うか、わからないもの。あちらまでは粛々《しゅくしゅく》と、しおらしく行った方が良《い》いと思うわ」

「粛々と、ですか……」

辺境伯領は、けっこう遠い。私一人ならそれこそ空を飛べそうな気もするが、ついて来てくれる予定の侍女《じじょ》も一人いるし、ある程度色々持参する都合もあって、馬車で一週間ほどの旅程をこなす予定だ。

そんなにずっと、粛々とした雰囲気《ふんいき》を保てるだろうか。内心はこんなにもハッピーを極めているというのに。

考え込む私を見た母は、重いため息を吐いた。

「エマちゃん、外でも今みたいにずーっとにやにやしていたら、『あの悪女、今度はいったいなにを企《たくら》んでいるんだ』って思われるわよ。エマちゃんに今同情が集まっているのだってかわいそうだと思われているからなのに、全部台無しになるわ」

「それは、困りますね……」

「下手を打てば、肩透《かたす》かしを食《く》らったいとし子様過激派によって、あなたの結婚式で腐《くさ》った生卵が飛んでくるかもしれないわ」

「うう……。私の隣《となり》にいるであろうルース様にもしもぶつかったら、すごく嫌です……」

ようやくテンションが落ち着いて、というかむしろしょぼしょぼとそう認めた私に、母は『わかればよろしい』とばかりに鷹揚《おうよう》にうなずいている。

私の評判なんざどうでもいいと言ってしまいたいところではあるが、辺境伯夫人となる私の評価は、夫であるルース様にも多大な影響《えいきょう》を及《およ》ぼす。

実際は全然まったくそんなことはないのだが、『国のためになにもかもを呑《の》み込んだ』だの『過酷《かこく》な運命にも悲観せず己《おのれ》の役目を果たそうと決意』だの、うちの公爵家《こうしゃく》が宣伝しようとがんばっている【エマニュエル公爵令嬢《れいじょう》】像からかけ離れた言動は、しない方が良いのだろう。

少なくとも、誰の目があるかわからないような場所や場面においては。

「それにほら、恋愛《れんあい》っていうのは、追いかける方が楽しいものなのよ？　ちょっとぐらいもったいぶっておいた方が、きっと辺境伯様だって燃えるわよ」

空気を切り替《か》えるようにえらく愛らしい声音《こわね》でそう言った母に、私の耳と意識は一気に持っていかれた。

「そ、それは、……今もなお社交界の華《はな》とうたわれる、独身の頃《ころ》にはあちこちであなたを巡《めぐ》る決闘《けっとう》を巻き起こしたほど凄絶《せいぜつ》にモテたという、お母様の経験則ですか……？」

ごくりと喉《のど》を鳴らしながら私が問うと、母はにやりと俗《ぞく》っぽい笑顔を返す。

「さあ、どうかしらね？　でも普通《ふつう》、ライバルがいっぱいいるとか、完全に自分のものにはなっていないとか、そういう状況《じょうきょう》じゃなければ、どうしても手に入れたい！　とか、急がなきゃ！　って、思わないんじゃないかしら」

くすくすと笑いながらそう言った母は、確かに【艶《あで》やかな美貌《びぼう》の公爵夫人】だった。

こ、これが、伯爵家からその美貌（髪）を武器に格上の公爵家に嫁ぎ、二五年の時を経て男を二人女を一人産み育てても（私には兄と弟がいる）夫の愛は陰《かげ》りを見せるどころか日々ますます熱烈《ねつれつ》になるばかりの女の威厳《いげん》……！

……ちょ、ちょっともったいぶってみちゃおうかしら。

ほら、お母様譲《ゆず》りの髪を持つ私は、この世界ではめちゃくちゃ美少女らしいし。

婚約だって、一応はあちらから言い出してくださったのだし。

私の心が、かなり【粛々と】に偏《かたよ》っているのを見て取ったらしい母は、くすりと笑うと、私に問う。

「あなたが【公爵令嬢にふさわしいふるまい】を保つのにそこまで苦労しているのは、初めて見るわね。ねえエマちゃん、あなた、どうして、そんなにも辺境伯様のことが好きなの？」

元現代人の私は、元現代人だからこそ、貴族制度が生きているこの世界の、それも公爵令嬢としてふさわしいふるまいをすることに、かなり心を砕《くだ》いている。

そういえば、母に説教や説得をさせたのは、もしかしたら初めてのことかもしれない。

「どうして、と、言われましても、その……」

仮にも母親に対して恋《こい》バナをすることに抵抗《ていこう》を覚えた私は、ごにょごにょと言葉を濁《にご》した。

「どんなところが好きなの？　いつから好きなの？　好きになったきっかけは？　ママにだけは聞かせてくれてもいいでしょ？　ねっ？」

ところが一切追撃《いっさいついげき》の手を緩《ゆる》める気がないらしい母は矢継《やつ》ぎ早にそう尋《たず》ね、キラキラとした瞳《ひとみ》で私を見る。

「どんなところが、と訊《き》かれましても……。こうなんとなくというか、好きになったから好き？　とか、そういうものではないでしょうか……」

前世の感覚からするとあの人超絶《ちょうぜつ》イケメンなんで、ほとんど一目惚《ひとめぼ》れでした。というのは、どうにも言える気がしなかったので。というか、たぶん言ったら正気を疑われてしまうので。

曖昧《あいまい》にそう言ってみたが、母は不服そうに頬《ほお》を膨《ふく》らませている。

「一度好きになったら他《ほか》の部分も美点にしか見えなくて、その人のことがどんどん好きになっちゃうのは、わかるわよ。でもきっかけ？　とか、恋に落ちた瞬間《しゅんかん》？　とか、そういうのはあるはずでしょ？」

「いえ、その……」

ううん、だから、そのきっかけが説明しづらいんだよなぁ。私に感性が似てるっぽい母なら、平気かなぁ……。

悩《なや》みながら、どうにか曖昧なきれいごととかでごまかせないものかと、私は抵抗を試みる。

「その、説明はできないけど、なんとなく好きになっちゃったーって、あると思うんですよ。ほら、例のくるぶしで妃《きさき》を選んだといういつぞやの国王陛下だって、髪色なんて関係なくその人のことが好きになってしまったから、この人はだれよりもくるぶしが美しいのでとこじつけてみただけなんじゃないですか、ね……？」

「その方は、妃選びの際には候補者をずらりと特殊《とくしゅ》な壇上《だんじょう》に立たせ、くるぶしだけが見える状態で厳選したそうよ。くるぶしがよく見えるようにとはいえ仮にも王族を床《ゆか》に這《は》いつくばらせるわけにはいかず、女性にとって足を見られることには抵抗があるものだから靴《くつ》は履《は》いたままで大丈夫《だいじょうぶ》なように、くるぶしより上が見えてしまうこともよろしくない、と、かなり苦労して壇を作った記録が公式に残されているわ」

業《ごう》が深いなくるぶし陛下。

偉大《いだい》なる先人のまさかのやらかしに、私は頭を抱《かか》えた。

まあきっと、王妃《おうひ》候補になれるような貴族令嬢の中から選んだのだろうから、くるぶしで選んでも問題はなかったのだとは思うが……。

「……エマちゃんも、まさかそんな特殊な趣味《しゅみ》からサントリナ辺境伯に惹《ひ》かれたの……？いったいなにかしら、目の大きさと鼻の高さとか……？」

お。割と正解。

さすが一八年私の母親をやっているらしくかなりの正解を導き出した母は、けれど四〇年《ねん》この世界の人間をやっているために、『いやありえないでしょ……』とばかりのドン引きの表情でそう言っていた。

うううう、やっぱりダメか。父の顔に見惚《みと》れているのは『一度好きになったら他の部分も美点にしか見えなくて』ということか。

……仕方ない。あんまり話したくはなかったが、恥《は》ずかしがってる場合ではないな。

「……ちょうど、半年くらい前に、学園裏手の山から、魔獣《まじゅう》が氾濫《はんらん》してしまったことがありましたよね？」

私は覚悟《かくご》を決めて、ルース様と初めて直接お話させていただいた日の記憶《きおく》を、母に語りだす。

実際にはほとんど一目惚れではあったものの、これはもうどんな容姿であっても惚れずにはいられないだろう、母を納得《なっとく》させるに足るだろうと確信する、あの日のルース様のことを――。

デルフィニューム魔導学園。

王家の名を冠《かん》する、女神《めがみ》のいとし子ディルナちゃんと王太子殿下《でんか》の恋、すなわち推定乙《おと》女《め》ゲームの舞台《ぶたい》にもなった、私がつい先日まで通っていたそこ。

個々の事情によって多少そこからズレることもあるが、まあだいたい一五歳から一八歳の魔導の徒が国中から集《つど》うその学園は、半年前、学園始まって以来の危機を迎《むか》えていた。

近年守護竜《りゅう》様が弱り、国のそこここで魔獣が活発化。氾濫といって差し支《つか》えないほどの勢いで、魔獣の群れがあちこちで暴れまわるようになってしまった、その中で。

ある日とうとう、端《はし》の端とはいえ、守護竜様の住まう王都にある魔導学園、その裏手の山でまで、魔獣の氾濫が発生してしまったのだった。

優《すぐ》れた能力資質が無ければ入学することが叶《かな》わないそこに通う私たち学園生は、未来のと前に付く気はするものの、一応はエリート揃《ぞろ》い。自分たちの通うここを守りたいという気持ちも強かった。

なにがなんでもここで食い止め王都も守るという決意で、ひよっこ学園生たちはぴよぴよと懸命《けんめい》に危機に立ち向かおう……、とは、したものの。

学園生の中には王太子殿下なんてものもいたし、私のような高位貴族の子女も多数含《ふく》まれていたし、なにより、学園から先には、王都があったわけでして。

当然、援軍《えんぐん》が来た。

私たち学園生と教職員が力を合わせ結界を張って魔獣たちを山に封印《ふういん》し、とはいえずっと封じ込めておけるものでもないので封印が持つだろうと思われる一週間ほどの間に迎撃《げいげき》態勢を整えていた。そのうちに、国中から、魔獣の対処に慣れているエキスパートたちが集結し、私たちと力を合わせ戦うことになったのだった。

はー？　なんかめっちゃくちゃキラッキラしてるイケメン騎士《きし》様がいるんだがー？　なんだあれ、かっこよすぎやしないか。ふざけているのか。

エキスパートの集団を学園に迎え入れるそのとき、その集団の先頭に立つルース様を見た瞬間、私はあまりに自分の好み過ぎるルックスの彼に、そんな謎《なぞ》にキレ気味の感想を抱《いだ》いていた。

長年の公爵令嬢《れいじょう》生活で培《つちか》ったすまし顔の仮面を必死にキープしていたものの、その仮面をただ歩いているだけで叩《たた》き割ろうとしてくるルース様に、静かにキレていた。

きゃー！　かっこいいー！　えっ脚《あし》長いですね何頭身あるんですかうわぁ顔もいい！　ちょっと握手とかしていただいてもー!?　とか叫《さけ》びそうになってしまうのを、必死に、それはもう必死に堪《こら》えていた。

「なんて醜悪《しゅうあく》な……」

「おいあれ、色なしのルース・サントリナ辺境伯だろ？　ろくな魔法も使えない出来損《できそこ》ないが、なぜこんなところに……」

「実力は確かだし、魔獣との戦いに慣れているのは事実だろう。……まあ正直、士気のことも考えて欲しかったが」

ところが。周囲の私以外の学園生たちは、私の内心とは完全に真逆の方向でざわざわとしていたので、めちゃくちゃびっくりした。

えっえっえっ。

醜悪ってどうし……、あ、髪《かみ》と瞳が銀色？　色が薄《うす》いから？　どうでもよくない？　魔法が使えないって、ここは魔法が使える人間がめちゃくちゃ揃ってる学園だよ？　むしろ、バランス的に、これ以上魔法使いはいらなくない？

あのお方歩き方に隙《すき》がないし見た感じかなり鍛《きた》えてそうだし、なによりサントリナ辺境伯《はく》は超一流《ちょういちりゅう》の剣士《けんし》だって評判でしょう？　できそこないって、むしろお前らひよっこのことでは？

というかみんな、助けに来てくださった、それも辺境伯様にめちゃくちゃ失礼でしょ……。

学園の仲間たちに戦慄《せんりつ》を覚えた私は、ひよっこどもをぐるりぎろりと一睨《ひとにら》みしてからルース様たちに駆《か》け寄り、彼らに声をかけることにする。

ほら、学園の最高学年の三年生、王太子の婚約者《こんやく》でもある公爵《こうしやく》令嬢の私こそが、責任者とか準責任者とか、そういう感じのあれに違《ちが》いないでしょうし？　あ、それこそ、真の責任者であろう王太子殿下のところに彼らを導くべきは、私だろう。

というのは歩きながら考えついた言い訳で、単に、この世界に生まれてぶっちぎり一番にかっこいいと思ったその人、ルース様に、お近づきになりたいだけだった。

「皆様《みなさま》のお越《こ》し、心より感謝いたします。私はデルフィニューム魔導学園三年生、ベイツリー公爵家長女のエマニュエルと申します」

私がカーテシーをふわりとキメながらそう言って、にこりと笑《え》みでしめたのに、なぜかルース様は硬直《こうちょく》していた。

……。

そのままなにも言ってくれず、名乗りも返してくれないルース様に、嫌《いや》な汗《あせ》が背中を伝い始める。

礼儀《れいぎ》作法の授業は、いつも満点だったんだけどな。先生は、私の礼も笑顔も『実に美しい』と褒《ほ》めてくれたのに。好印象を抱いてはいただけなかったのか。私は知らずになにかやらかしただろうか。

そう不安になった瞬間《しゅんかん》、彼の後ろに控《ひか》える壮年《そうねん》の騎士様に背中を叩かれたルース様は、ぼぼぼっと一気に赤面されたかと思うと、急に慌《あわ》てた様子で喋《しゃべ》りだす。

「……っ！　失礼、その、ああいや、ちょっと予想外というか、見惚れてしまったというか……。あ、気持ち悪いですよねっ！　あの、自分の方がベイツリー公爵令嬢よりもはるかに格下ですのでそこまで礼を尽《つ》くされなくとも十分ですよ、というか、あ、あ、失礼！

私は、一応サントリナ辺境伯のルースと申しましてっ！」

なんだかパニックになっていらっしゃる様子のルース様に、思わず笑ってしまったのは、仕方ないことだと思う。

「ふふっ、サントリナ辺境伯様こそ、そこまで動揺《どうよう》なさらないでくださいませ。確かに私の父は公爵ですが、今の私は、まだまだひよっこの、いち学園生にございます。魔獣との戦いにおいて、私ども学園生はあなた様方の指示に従うべきですから、礼を尽くさせて欲しいと思ったまでですわ」

くすくすと笑いながら私がそう言うと、ルース様は急に真顔になってしまう。

「……女神か？」

ぽつり、とルース様の口から漏《も》れた言葉の意味は、よくわからなかった。

？？？

私が首を若干《じゃっかん》傾《かし》げながらとりあえず笑っておけ精神で微笑《ほほえ》んだところ、ルース様はげふんげふんとなんだかわざとらしい咳払《せきばら》いをしている。

「失礼。若い女性にこの距離《きょり》まで近寄られることもそうなければ、ましてこんなに美しい方に笑顔を向けられるなんてことに慣れておらず、取り乱しました。ええと、ベイツリー公爵令嬢、まずは現状を確認《かくにん》してもよろしいですか？」

「かしこまりました、こちらへどうぞ。ああ、それと、私のことは、エマニュエルと呼び捨てていただいてかまいませんよ。家名など関係なく、あなたの配下の魔法使いとして扱《あつか》っていただきたいので」

『美しい方』などと言われた私は、浮《う》かれ切った心地《ここち》でにこにこと笑いながらそう言ってみた。

嘘《うそ》である。

配下だのどうだのは今考え付いたこじつけで、単にルース様と親しくなりたいだけである。

ずいずいとファーストネーム呼びをねだり、ぐいぐいと急激に距離を詰《つ》めようとする私に、けれど確かに女性にあまり慣れていないらしいルース様はひどく赤面し、そして、困ったようにへにゃりと眉《まゆ》を下げて笑った。

くうっ、イケメンの照れ笑い、すごい破壊《はかい》力あるな！　まさに、かっこいいとかわいいの贅沢《ぜいたく》詰め合わせセットっ……！

ヤバイ、好きになっちゃいそう……！

仮にも婚約者のいる身の私は、そんな心から漏れ出そうになった感嘆《かんたん》と懸念《けねん》をぐっと呑《の》み込み、言葉にはしなかった。

出現した魔獣《まじゅう》の種類規模、学園生と教職員のうち主だった者のできることとできないこと、学園の敷地《しきち》のどのあたりを戦闘《せんとう》区域と想定しているか、学園に備わっている設備・備品、その他諸々《もろもろ》、ついでにちょびっとだけ雑談。

集団の後方に控えるフォルトゥナート王太子殿下《でんか》のところまで一団を案内する道中、主にルース様の質問に答える形で、私たちは様々なことを話した。

見れば見るほどかっこいいルース様が眼福だったのと、【ルース様】呼びを許可されるなどした私は、終始非常に上機嫌《じょうきげん》だったと思う。

もしかすると、ずっとにやにやしてしまっていたかもしれない。公爵令嬢の意地でどうにかにこにこに見えるようがんばったつもりではあるが、あまり自信はない。

まあそれも、王太子殿下＝我が婚約者様の顔を見るまでの話ではあったが。

……ディルナちゃん、このまま王太子殿下ルートに行ってくれないかなぁ。

今のところの二人は、気心の知れた友人の距離をギリギリ保ってはいる。けれど、お互《たが》いに密《ひそ》かに惹《ひ》かれあっているんだろうなと、二人の間に立ちはだかってしまっている推定悪役令嬢としては、肌《はだ》で痛感しているので。

殿下から私との婚約を破棄《はき》してくれたら、ルース様を思う存分追いかけることができるのに。

現実に引き戻《もど》された私がそんな現実逃避《とうひ》をしているうちに、ルース様と殿下の話は、まとまったようだった。

魔獣との戦闘に慣れていて、かつ近接での戦いを得意とするルース様たちを前方に、まだまだひよっこであり時間はかかるものの、時間さえかければ威力《いりょく》の高い魔法を放つことができる者の多い我々学園生を後方に。ざっくりとそんな位置取りで戦うことが決まり、私たちは動き出す。

戦闘が開始して、しばらく。前線の能力の高さのおかげで、私たちは安定して魔獣の数を減らすことに成功していたと思う。

しかし私は、高位貴族の娘《むすめ》ということもあり、また魔力の豊富さ故《ゆえ》に遠距離までも魔法を飛ばせることから、かなり後方に配置されていた。

ぶっちゃけ、あんまりよく見えなかった。見たかった。

ルース様の活躍《かつやく》を、この目でどうしても見たかった。

後方にはあまりにも魔獣が来な過ぎて、気のゆるみもあったかと思う。

戦況《せんきょう》が進むにつれ隊列が崩《くず》れ、魔力切れや疲労《ひろう》で後方に下がる学園生などもちらほらと現れてきていた。そんな中、戦場でもひときわ目立つルース様の輝《かがや》く銀に誘《さそ》われるように、徐々《じょじょ》に私は、前に出過ぎてしまっていた。のだとは、後から痛感したことだったが。

魔獣、それはだいたいが地を駆ける獣《けもの》の姿に似ているのだが、たまには、そのセオリーを打ち破ってくるモノがいる。

そう例えば、空を駆けるドラゴンなんてものが、魔獣の氾濫《はんらん》の際には、現れることもあったりするのだ。

豊富な魔力にものを言わせ、ばんばん高位の魔法を放っていた私は、たぶん魔獣の群れから見ると、非常に邪魔《じゃま》だったのだと思う。

敵の主砲《しゅほう》=私を砕《くだ》かんとしたのか、多数の仲間を屠《ほふ》った私にせめて一矢報《いっしむく》いようとしたのか。

私を含《ふく》む学園生たちがばかすか魔法を放っていた、魔獣の群れに相対した正面側ではなく、そこを迂回《うかい》するかのようにひゅっと旋回《せんかい》し、ソレは宙を躍《おど》った。

竜《りゅう》としては小型ながらも、それでも最強の種らしい迫力《はくりょく》を持ったその飛竜は、猛烈《もうれつ》な勢いで空を駆け、私をまっすぐに睨《にら》みつけ、真横から飛来し、
あ。これ、
死、

「エマ様ぁあああっ!!」

「エマニュエル嬢《じょう》……!」

ディルナちゃんと殿下が同時に叫《さけ》んだのが、どこか遠くに聞こえた。

私は迫《せま》る死の予感にかくりと膝《ひざ》から力が抜《ぬ》け、地面にへたり込み、ぎゅっと目を閉じる。

瞬間《しゅんかん》、ガキンと響《ひび》く、硬質《こうしつ》な音。

痛く、ない。

まだ、死んで、ない？

「エマニュエル嬢、ご無事ですかっ！」

そろりと開けた視界の先、息を切らせたルース様がそう言いながら、私にまっすぐに向かって来ていた飛竜の鋭《するど》い爪《つめ》を剣《けん》で受け止め、その背に私を庇《かば》っていた。

こくこくとうなずくことしかできない私を確認した彼は、ぎりぎりと拮抗《きっこう》していた飛竜をバシリと剣で押し返す。

「……空飛ぶトカゲごときが、調子にのってんじゃねぇっ!!」

中空で体勢を崩す形になった飛竜にそう叫んだルース様は、そのまま迷いのない剣筋で奴《やつ》の腹を切り裂《さ》いた。

……あら、意外とワイルド。

そう思ったものの、先ほどは私の笑顔《えがお》ごときにあからさまにうろたえていた、いかにも純朴《じゅんぼく》そうなこの方が見せた意外な一面に、きゅんとしてしまう。

地に落ちた飛竜の絶命を確認したらしいルース様は、持っていた剣を腰《こし》の鞘《さや》におさめ、そろりと私を振《ふ》り返る。

「お怪我《けが》は、ございませんか……？」

きゅんきゅんっ

そっと尋《たず》ねてきた声は甘く柔《やわ》らかく、私を心配する気持ちがとてもよく伝わってきたので、先ほどの荒々《あらあら》しくも頼《たの》もしいお姿とのギャップに、またもや私の胸は高鳴った。

「ルース様のおかげで、怪我は少しもありません。申し訳ございません。前に、出すぎました」

反省した私はそう言って、深々と頭を下げる。

「いえ、この位置にいてくださったおかげで、私が間に合ったとも考えられます。顔をあげてください」

その言葉にそろりと見上げると、ルース様は心底ほっとしたような笑顔をしていた。

「ご無事でなによりですが、あまり顔色がよくありません。一度後方に下がって、休まれた方が良いでしょう。もう、空を飛べそうな敵はいないように見えますし。立てますか？」

ルース様のお言葉に、従いたい気持ちはあったのだが。

実はさっきから幾度《いくど》も立とうとは試みているものの、全然立ち上がれそうにない。

「その、……こし、が、……抜けました」

私がその情けない事実を率直《そっちょく》に白状すると、ルース様はしばし、考えるようなしぐさを見せる。

「……他《ほか》に誰《だれ》か、ああいや、無理か……。……気持ち悪いとは思いますが、緊急《きんきゅう》ですので、ゆるしていただきたい。失礼」

ちらちらと周囲の状況を確認《かくにん》した彼はそう言うと、ひょいっと、えらく軽々と、私の膝の裏と背中の下に手を差し込み私を持ち上げ……、私！　ルース様に！　お姫様《ひめさま》だっこされてる!!

ひょえっ。ひょえええ。

急に持ち上がった視界、眼前に迫るどタイプの美形の顔、かなり密着してしまっている憧《あこが》れの人のたくましい肉体——、私は、パニックになりかけていた。

「るる、ルース様！　私、重い、重いですよっ！」

焦《あせ》った私がそう騒《さわ》いでみたものの、ルース様は重さなど感じていないかのようなしっかりとした足取りで歩き進めるまま、ふわりと微笑《ほほえ》む。

「ベイツリー公爵《こうしやく》令嬢は、羽根のように軽いですよ」

そりゃ、羽根だって、集めに集めれば成人女性一人前の重さになりますからね！

ってそうじゃない！

「さっきは【エマニュエル嬢】と呼んでくださいましたのに、寂《さび》しいです！　なんならエマって呼んでください！」

あ、違《ちが》った。これでもない！

パニックになりかけ、というか、しっかりパニックに陥《おちい》っていたらしい私は、気づけば欲望のままにそう叫んでいた。

「……っ！　『お前が気持ち悪いから下ろせ』と罵《ののし》られる覚悟《かくご》は、していたのですが。そんなに赤い顔をされて、そんなに愛らしいことを言われると……」

困ったようにそう言ったルース様の頬《ほお》は、私のそれがうつってしまったかのように、赤い。

「そんな、気持ち悪くなんてないです。ちょっと、恥《は》ずかしいだけで。むしろ私は、ルース様のたくましさに、ほれぼれとして、います……」

恥ずかしさで段々と小声にはなってしまったものの、私はしっかりと、そのことを彼に伝えた。

親切でしてくれていることに、そんな悲しい反応が返ってくるだなんて、思わせたくはなかったから。

勇気を振り絞《しぼ》って告げた私の言葉を聞いたルース様は、なにかを堪《こら》えるかのようにくうと震《ふる》え、彼の腕《うで》の中の私を見返し、口を開く。

「あまりからかわないでください、……エマニュエル嬢」

きゅうううん！

イケメンのすねたような照れ顔、尊い！

そして、彼に呼んでもらえるだけで、私の名前が素晴《すば》らしいものみたいに思える！

そう叫びたくなった私の視界がなんだかピンク色に染まって見えたのは、その瞬間に、もうあらがいようがないほどにルース様への恋《こい》に落ちてしまったから……。

ではなく。

事実として、ルース様の背後にいたディルナちゃんが、ピンク色に光っていたらしい。


後に判明したことだが、この少し前に、私が死ぬと思ったディルナちゃんが、フォルトゥナート王太子殿下《でんか》と同時に『助けたい』と強く願った瞬間。

ディルナちゃんは【女神《めがみ》のいとし子】として覚醒《かくせい》し、女神の声を聞き、そして王太子殿下といっしょに、祝福されていたらしい。

そう、この日初めてディルナちゃんがいとし子様として覚醒したのだった。

覚醒したディルナちゃんの活躍《かつやく》もあり、この魔獣《まじゅう》の氾濫は、一人の怪我人も出すことなく収束。

その後の半年の間、ディルナちゃんは王太子殿下とともに各地で華々《はなばな》しく活躍し、成長。

『もしやいとし子様か？』からの『やっぱりいとし子様だ！』からの守護竜《りゅう》様の完全復活を経て『あなたこそがいとし子様です！』と大々的に認められるに至った、というわけだ。

「……いとし子様の最初のご活躍のときに、そんなことがあったのね」

ルース様の容姿に対する賛辞だけはどうにか隠《かく》し通した私の話を聞き終えた母は、感心したようにそう言って、ふんふんとうなずいている。

「つまり、きっかけは、命を救われたこと。辺境伯《はく》の強さと純朴さ、その二面性に惹《ひ》かれてしまった感じかしら ね……？」

そうまとめた母は、まだどこか納得《なっとく》していなそうに首を傾《かし》げていた。

うん、最初に姿に惚《ほ》れまして、という前提が話せないので、私の言動に一部不自然な点がなくもないんだよなぁ。

「まあいいわ。なにがどう好きになったかはわかったようなわからないようなだけど、エマちゃんが彼をとっても大好きなのは、よーくよくわかったから」

そう言って笑った母の笑顔は、どこかほっとしたような、力の抜けたものだった。

まさか、母までも、私が『実は我慢《がまん》しているのに健気《けなげ》にも明るくふるまおうとするあまり空回り』みたいな感じだと思い、心配していたのだろうか……。

家族からの理解も得られ、ルース様との文通を中心にした私のひきこもり、もとい謹慎《きんしん》生活は、なにごともなく穏《おだ》やかに過ぎようとしていた。

五月、もう来週には謹慎があけるため、そろそろ本格的に旅立ち&嫁入《よめい》りの準備をしなければいけないなと考えていたある日の午後。

私に、思いがけない来客があった。


「エマ様ぁっ！」

迎《むか》え入れた我が家の応接間にて、挨拶《あいさつ》をする間もなく私にぎゅうっと抱《だ》き着いてきたのは、女神のいとし子様、推定ヒロインのディルナちゃん。

そしてその背後でなんだか哀愁《あいしゅう》をにじませるなんとも言えない表情でたたずんでいたのは、フォルトゥナート王太子殿下。

断罪イベント（？）以来の二人だった。

……まあ友人同士だし非公式の場だし、堅苦《かたくる》しい挨拶はいいか。

今や誰よりも格上になったディルナちゃんが、していることだし。

「お久しぶりですフォルトゥナート王太子殿下、ディルナさ……ディルナちゃん」

ディルナ様と呼ぼうとした瞬間《しゅんかん》かわいらしくすねた顔で睨《にら》まれてしまった私は、かなり雑なそんな挨拶をしてから、やんわりとディルナちゃんを私から引きはがす。

「ひさしぶりになってしまって、ごめんなさい、エマ様。もっと早くに来たかったんですけど、なんのかんのと手続きだの鍛錬《たんれん》だの教育だの挨拶だのが、もう常にいっぱいいっぱいに詰《つ》まっている状態でして……」

私にぬるりと逃《に》げられ、殿下にそっと引き戻《もど》され、徐々《じょじょ》にしょんぼりとしながら、ディルナちゃんはそう言った。

「お疲《つか》れ様。がんばっているのね。そんなに忙《いそが》しい中会いに来てくれて、とっても嬉《うれ》しいわ」

私がそう言って、よく学園でそうしていたように彼女の頭を撫《な》でると、ディルナちゃんはご満悦《まんえつ》でふにゃりと笑って、王太子殿下の哀愁は増した。

あちらを立てればこちらが立たずだな……。まあいい。殿下はほうっておこう。

「まあ、とりあえず座りましょうか。……え、ディルナちゃん、こっち？　……そう。まあ私はかまわないけれど……」

家人である私が着席を促《うなが》すと、無言でぐいぐいと迫《せま》るディルナちゃんによって、なぜか二人掛《が》けのソファに私、その横にディルナちゃん、その横九〇度の角度に置いてある一人掛けのソファに殿下が座ることになっていた。

……私の対面に二人並んで座ったらいいのに。

一応かつては殿下の婚約者《こんやく》であった私の目の前でいちゃつくまいという配慮《はいりょ》だろうか。

ディルナちゃんはにこにこと上機嫌《じょうきげん》だが、殿下の哀愁がとどまるところをしらないから、勘弁《かんべん》して欲しいのだけれども。

「ええと、それで、今日はいったいどんな用件なのかしら？　いただいた手紙には、『新しくできるようになったことを見て欲しい』とあったけど……」

私は、なんとか空気を変えようという気持ちで尋《たず》ねてみた。

ディルナちゃんはぱっと表情を輝《かがや》かせると、にこにこと答えてくれる。

「あ、そう。そうなんです！　私、新しい魔法《まほう》が使えるようになりました！　それで、エマ様がこちらを出発する前に、絶対にかけておきたいと思って……」

「あら、どんなステキな魔法なのかしら？　フォルトゥナート殿下といっしょにいらしたということは、もしや、いとし子様としての……？」

「んふふー。さっすがエマ様、そうなんですよ！　つい先日、女神様が私の夢に現れて教えてくださって。こう、事前にかけておく感じのやつなんですけど……」

ディルナちゃんはそう言うと、すっかり蚊帳《かや》の外に置いていた王太子殿下と、ちらりとアイコンタクトを交《か》わす。

「いとし子であるディルナとおまけの私が女神様から受けている数々の祝福の効果は、知っているだろう？　その簡易版のような感じかな」

殿下の言葉に、私はそっとうなずいた。

知ってる。女神様の祝福って、あれだ。常にあらゆる状態異常無効で攻撃《こうげき》無効みたいな、無敵状態のやつ。

そんな、たぶん今世界が滅《ほろ》んでも生き残るであろう二人はおもむろに立ち上がり、手に手を取って、私の目の前に立つ。

「簡易版とはいえ、私に、それを……？」

正直畏《おそ》れ多い。そう思うのだけれども。

「エマ様は、私たちの恩人ですから！」

「君には迷惑《めいわく》をかけている。せめてこれくらいは、させて欲しい」

「あ、ありがとう、ございます……」

二人の言葉と笑顔《えがお》に押し切られる形で、私は礼を言った。

「それじゃあ」

「うん」

「はじめようか」

短くそう交わした殿下《でんか》とディルナちゃんは、手を取り合ったまま、祈《いの》り始める。

「私たちの大切な友人、エマニュエルに」

「私たちの愛《いと》しい恩人、エマニュエルに」

「女神《めがみ》様の、加護と祝福を……」

ピタリと声を揃《そろ》えて二人がそう言った次の瞬間、ディルナちゃんから発せられたピンク色の光が、私の全身を包む。

ふわりとあたたかくて、どこか清涼《せいりょう》な香《かお》りがするような。

心地《ここち》いいその光は、すう、と私の肌《はだ》に吸い込まれて、消えた。

「どうですどうです！　私、今、いとし子っぽくなかったですか⁉」

消えていった光から目が離《はな》せずぼーっとしていたら、いつの間にやら私の隣《となり》に座りなおしたディルナちゃんが、得意げな表情でそう訊《き》いてきていた。

今の彼女からは威厳《いげん》を感じないので、先ほどと同じく学園にいた頃《ころ》のように気安く接してしまいそうになるのだけれども。

確かに、さっきのディルナちゃんは、すごく神秘的だった。

「とても、美しかったです。ありがとうございます」

私が頭を下げると、ディルナちゃんは頰《ほお》を膨《ふく》らませてしまう。

「敬語とかやめてくださいよぅ！　あと、お礼よりも褒《ほ》めて欲しいです！」

「効果も説明しないままでは、褒めようがないのではないかな」

「あ、それもそうか」

殿下に冷静に指摘《してき》されたディルナちゃんは、ぽんと手を打った。

「さっきので、エマ様はそうそう死ななくなりました」

「えっ、なにそれこわい」

ディルナちゃんはこの上ないドヤ顔だったが、思ったよりも大変な効果のものを与《あた》えられてしまっていた私は、震《ふる》えた。

「ディルナ、説明が雑過ぎるよ……。ええと、私から説明させてもらうと、エマニュエル嬢《じょう》は、今後怪我《けが》などで死ぬような目にあったときに、自動で、死ぬような目にあった前の状態に戻るというわけなんだ」

「それは……、やはり、えらく大層なものを与えていただいてしまったのでは……」

王太子殿下の説明に、私はやはり震えた。

なんというリレ○ズ。いかにここが魔法の存在する世界とはいえ、ここまでの効力のものなんて、聞いたこともない。

「いやー、そうでもないです。割と制限が多いんですよ、コレ。まず、私たちが心底親しく思っている相手じゃないと、かけられないんです。あと、受けた当人の魔力が豊富でないと、事前にかけておいてもいざというときに発動しないらしいです。エマ様なら、どっちも問題ないですけど。とどめに、愛し合う人からのキスが必要なんだそうですし」

ディルナちゃんは、軽い調子でそう言った。

待って。最後、なんか変なの交ざらなかった？

「……愛し合う人からの、キス？」

嘘《うそ》だと言って欲しい。そう思いながら私は尋ねたのに、ディルナちゃんは当たり前みたいな表情で、当たり前みたいにうなずいてしまう。

「です。前の状態に戻すにあたって、体を一回ふかくふかーく眠《ねむ》らせる必要があるそうなんです。で、愛し合う人からのキスがないと、その眠りから目覚められないって、女神様が言ってました」

「……なぜ？」

「なんか、『愛し合う人のいない世界に生き返ったって、意味なんてないじゃない』って、女神様が言ってました」

「ううん、実に愛の女神様的理論っ……！」

私がそう呻《うめ》くと、ディルナちゃんはけらけらと笑った。

リレ〇ズじゃなくて、リ〇イズ（乙女《おとめ》ゲーム仕様）だったか……！

「あまり長く昏睡《こんすい》状態が続けば、当然衰弱《すいじゃく》してしまうだろう。最悪そのまま……ということも考えられる。このことは、いざというときのために、君の周囲の人間に伝えておいた方が良《い》いと思う。ディルナと私からも、説明させてもらおう」

冷静にそう言った王太子殿下に、私は尋ねる。

「それはありがたいのですが、『愛し合う』という部分が、なかなかハードルが高いような気が……。親子愛などでも可、なんでしょうか……？」

「それはわからないが、キスとあるからには、キスをするような間柄《あいだがら》の愛である可能性が高いだろう。けれど、こんなものは、発動しないに越《こ》したことはない。私個人としては、女神のいとし子が君に特別な祝福を与えたことを、周囲の人間、更《さら》にそこから漏《も》れ出て広く世間に知られることにこそ、意味があると思っている」

「ああ、和解の証《あかし》的な……」

なるほど、それは、ありがたい。死にかけなければ発動しない祝福なんて、発動した後のことなんか考えない方がいいくらいのものだろう。

大切なのは、私はもう女神のいとし子様にゆるされ、祝福までも授《さず》けられたという事実。それを周囲に吹聴《ふいちょう》しておくべき理由まであるなんて、実にありがたい。

「ありがとうね、ディルナちゃん。こんなステキな魔法を使えるようになったなんて、とってもすごいわ！」

私は心からのお礼と彼女リクエストの褒め言葉を告げて、ディルナちゃんの頭をふわふわと撫《な》でる。

ディルナちゃんは実に満足そうに笑って、王太子殿下の顔面からは表情が抜《ぬ》け落ちた。

第三章　憧れの人のもとへ

　いよいよ私が旅立つその日の早朝。

　ベイツリー公爵邸《こうしゃくてい》のホールには、真剣《しんけん》な母の声と、同じく真剣に母の言った言葉を復唱する私の声が、朗々と響《ひび》いていた。

「粛々《しゅくしゅく》と！」

「粛々と！」

「にやにやしないっ！」

「にやにやしないっ！」

「可能であれば、『これからの未来に不安はあるものの、国のため決意を固めた誇《ほこ》り高き公爵令嬢』らしい表情で！」

「可能であれば、『これからの未来に不安はあるものの、国のため決意を固めた誇り高き公爵令嬢』らしい表情で！」

　それはいったい、どんな表情なんだ……。

「無理そうなら、常に無表情！」

謹慎《きんしん》あけ、

「無理そうなら、常に無表情！」

うん、まあ、それなら、なんとか。

私がそんなことを考えながら母の言葉をおうむ返しにし続けていると、既《すで》に私と別れの挨拶《あいさつ》を済ませた父と兄と弟と、ついでにうちの使用人のみんなが笑いを堪《こら》えるあまり肩《かた》を震わせているのが見えた。

わかるよ。私も当事者じゃなかったら笑いたい。

でも、お母様はどこまでも真剣だから……。

「最後に、ママがあなたに伝えたいだけのアドバイスを、めいっぱい伝えます。心の片隅《かたすみ》に入れて、旅立って欲しいの。それではエマちゃん、復唱！」から始まった、本当にたくさんの母の言葉。

中には「季節の変わり目は風邪《かぜ》をひきやすいから、少し暑いかなくらいの服装を心がける！」だの、「半年に一度くらいは、実家に帰ってきてほしい！」だの、独立する我が子を心配する母としての言葉も多かった。

公爵夫人として、夫に愛され続ける妻として、なるほどなと思わせてくるものもあった。

いずれにせよ、どの言葉も、私のことを本当に心配してくれていることがわかるものだ。

だから私は、きっちりと付き合った。

途中《とちゅう》、なんじゃそりゃと思うものが交ざっても。

まじめに真剣に言ってるだけに笑いそうになってしまいそうな、正直ちょっとズレたアドバイスが交ざっても。

母の愛がいっぱいに詰《つ》まったその言葉を、私は真剣に、復唱し続ける。

「……次が、本当に、最後の最後よ。これさえ守ってくれるなら、今まで言ったことは忘れても無視してもかまわないわ」

ふいに静かな声音《こわね》になって、母がそう言った。

その言葉は繰《く》り返さずに、私は母の言葉の続きを待つ。

「……絶対に、なにがなんでも、しあわせになる！」

「ぜ、絶対に、……なにがなんでも、しあわせになる！」

思いがけない言葉に涙声《なみだごえ》になってしまったけれど、私はなんとか、復唱し終えた。

うん。しあわせになる。

私は悪役令嬢《れいじょう》かもしれないし、神殿《しんでん》や、世間の人にも、まだいとし子様をいじめた悪女と思われているかもしれない身だけれど、絶対にしあわせになる。

私はこんなにも母に愛された、このステキな家族の大事な娘《むすめ》なんだから。

絶対に、しあわせになってみせる。

「はいはい、茶番が終わったならさっさと馬車に乗ってください、エマニュエル様」

どこかしんみりとした空気に割って入って来たのは、そんな冷たい侍女《じじょ》の声。

「んもう、茶番だなんてひどいわ、リリーリアちゃん」

「はあ、申し訳ありません。しかし、間もなく出発予定時刻ですので急いでください」

公爵夫人である母が頰《ほお》を膨《ふく》らませても一切《いっさい》動じることなく淡々《たんたん》と返した彼女の名前は、リリーリア。

彼女が一〇歳、私が六歳の頃《ころ》からうちに住み込みで働いてくれている現在二二歳のリリーリアは、アイスブルーの髪《かみ》と瞳《ひとみ》の、合法ロリだ。

体格も顔もひときわ小さくて、顔立ちもなにもかもお人形のようにとってもかわいらしい彼女は、けれど髪の色は薄《うす》い。それ故《ゆえ》、なんと信じられないことに、あまりに醜《みにく》く嫁《よめ》の貰《もら》い手がないだろう上に跡取《あとと》り息子《むすこ》を産んだ後妻との相性《あいしょう》が悪かったとかで、彼女の生家の某《ぼう》子爵家から捨てられたところを、我が家で保護した。

リリーリアが現在でも小柄《こがら》である原因だろうと推測されるほどのネグレクトをしたあげく『元々うちにリリーリアなどという娘はおりません』とのたまった子爵夫妻は、私がこっそり全力で呪《のろ》っておいた。

こんな世界なので髪が抜けることや白髪《しらが》になるというのはえらい大事件なのだが、私は闇魔《やみま》法《ほう》が得意系な少女だったのでできると思い、まあそんな感じに。

結果は、その後今現在に至るまで、社交界で子爵夫妻の姿を見た者がいないらしいことから、たぶん成功したのだろう。

一応は現在私の侍女ではあるものの、そんな経緯《けいい》で、どちらかと言えば私の姉のような遊び相手のような感じでうちに迎《むか》え入れられ育った彼女は、我が家の人間に、一切の遠慮《えんりょ》がない。

そしてネグレクトの後遺症《こういしょう》なのかなんなのか、甘い印象のかわいらしい見た目に反して、中身はものすごくトゲトゲしていて、口を開けば辛辣《しんらつ》なことしか言わない。

しかし、遠く離《はな》れた辺境伯《はく》領に嫁ぐ私に迷いなくついていくと決めてくれたり、なんだかんだすごく良《い》い子なのだ。いっしょに育ったので、私のこともよくわかってくれている。

率直《そっちょく》な物言いも、わかりやすくて私は好きだ。

「改めて、娘を頼《たの》む、リリーリア。なにかあったら、すぐにこちらに知らせてくれ」

「よろしくねリリーリアちゃん、頼《たよ》りにしてるわ」

父と母に念押しをされたリリーリアは、無表情でうなずく。

「はいはい。エマニュエル様の脳からお花畑があふれ出そうになったら、私が殴《なぐ》ってでも止めますので。今はこんなでも、辺境伯様に出会って脳に花畑が咲《さ》くまでは、どこに出しても恥《は》ずかしくない完璧《かんぺき》なご令嬢だったじゃないですか。大丈夫《だいじょうぶ》ですよ」

「そう、そうなのよね。未来の王妃《おうひ》にふさわしいだけの教育を受けさせたつもり……、なんだけど……、最近は……。……本当によろしくね、リリーリアちゃん！」

「お任せください」

侍女と母がひどい。

まあ、これだけ両親に信頼《しんらい》されている、何事もそつなくこなす優秀《ゆうしゅう》なリリーリアがついて来てくれるのだから万事《ばんじ》安心だと思っておこう。うん。

両親に深々と頭を下げたリリーリアは、ぱっと顔をあげて私を見ると、その小さくて桜色でかわいらしいのに、開くと辛辣な言葉しか出てこない唇《くちびる》を開く。

「では、エマニュエル様、ぼーっとしてないでさっさと行きますよ。ああ、外に出る前に、その間抜け面《づら》引き締《し》めておいてください」

「ごめんねリリーリア、気を付けるわ。ではお父様、お母様、みんな、……いってきます！」

さっきあんなに母と注意事項《じこう》を復唱したのにまだ表情を崩《くず》してしまっていたらしい私は、くっと表情を引き締め気合を入れて、外に向かう。

ここから一歩でも出たら、そこはもう、誰《だれ》のどんな目があるかわからない。

そういえば、何気に我が家の庭以外の外に出るのは、今日が三ヶ月ぶりになるのか。

「……エマニュエル様のしあわせを邪魔《じゃま》する奴《やつ》がいたら、今度は絶対、私が排除《はいじょ》しますから。あなたはただ堂々とまっすぐ歩いて、まっすぐしあわせになればいいんですよ」

少しこわいな、と思っていた私の耳に、決意を秘《ひ》めたリリーリアの声が、背後から聞こえた。

「こうして私がついていける戦場で、あなたを負けさせるわけがないでしょう?」

ふっと鼻で笑いながらリリーリアが言ってくれた言葉に、背筋が伸《の》びる。

四歳年上で、しかも生まれは貴族令嬢とはいえ魔力が少ないリリーリアは、私といっしょに学園に通うことはできなかった。

私の処遇《しょぐう》が決まったその後に『なにもできなかった』と悔《くや》し涙を流していたと、母がこっそり教えてくれた。

【今度は絶対】の決意に、頼もしい彼女の言葉に、ちょっぴり涙腺《るいせん》を刺激《しげき》されながら、絶対に、なにがなんでも、しあわせになるという気持ちが、改めて湧《わ》き上がってくる。

「リリーリアって、やっぱりかわいいわよね」

「目ぇ腐《くさ》ってるんじゃないですか」

「そんなことないわ! リリーリアはどこから見ても、私の自慢《じまん》の、かわいいかわいいかわいい侍女よ!」

「もしや馬鹿《ばか》にしてます? 身長は負けていますが、私の方がかなり年上なんですよ」

はあ、と、ため息交じりに返されたが、やっぱりかわいいとしか思えない。このツンデレさんめ。

ああ、いけない。にやにやとしちゃダメよね。腐った生卵こわい。

そうして『表情を引き締め』プラス『ちょっぴり涙腺を刺激され』プラス『絶対に、なにがなんでも、しあわせになるという気持ち』の結果、私はこのとき、人から見て『これからの未来に不安はあるものの、国のため決意を固めた誇《ほこ》り高き公爵令嬢』らしい表情で家を出たのだ、とは、噂話《うわさ》で、後から知った。

それはいったい、どんな表情なんだ……。

ベイツリー公爵家を旅立ち六日目の昼、間もなく到着《とうちゃく》する予定の街が、もうサントリナ辺境伯領だという地点までやってきた。

とはいっても、そこはまだ辺境伯領としては端《はし》の端で、領主であるルース様がお住まいになっている中心の街までは、もう一泊《いっぱく》二日の移動の予定ではあるのだけれども。

「……いよいよね」

私がそう告げると、私と同じ馬車に同乗しているリリーリアが静かにうなずいた。

そう。いよいよ次の街で、リリーリア以外のベイツリー公爵家からついて来てくれたみんなとは、別れることになる。

サントリナ辺境伯家から迎えが来てくれている予定なので、それに引き継《つ》ぐ形で。

「ねえリリーリア、みんなといっしょに帰るなら、次が最後のチャンスよ？」

私が改めてそう問うと、リリーリアはとても主人に向けるものではない鋭《するど》い眼光で私を睨《にら》み、実に不機嫌《ふきげん》そうに口を開く。

「何度言えばわかっていただけるのでしょうか。私は、エマニュエル様から離れる気はございません。あなた様に拾われたあの日あの時から、私の命ごと、私はあなた様の所有物ですから」

「そ、そこまで思いつめなくたっていいじゃないの」

あまりに強い反発にビビった私はそう言ってみたものの、リリーリアはますます不機嫌さを増したようだ。

「はぁ？　あんなに鮮《あざ》やかに私の命を救っておいて、今更《いまさら》私を捨てることができるだなんて本気で思っていたんですか？　見通しが甘すぎます。だいたい、戻《もど》れと言われたところで、私に戻る家などございませんし」

「生家はともかく、うちのみんなはあなたも家族だと思っているわ。娘《むすめ》が一人もいなくなって男ばかりの家族になってしまうって嘆《なげ》いていたお母様なんか、あなただけでも戻ったら、きっととってもよろこぶのに……」

「まあ、そうですね。そうだろうとは、思います。けれど、他《ほか》ならぬその奥様に、エマニュエル様を頼まれているわけですから。私が帰るのは、あなた様といっしょのときだけ、たまの帰省で十分です」

何を言ったところで、リリーリアの決意は揺《ゆ》らがないようだ。

うーん。困ったなぁ。

ついて来てくれるのは嬉《うれ》しいけれど、いよいよ、となったら、私だけがしあわせになるだろうことに罪悪感と、リリーリアのしあわせの邪魔をしてしまっているのではないかという懸念《けねん》とが、ふつふつと湧《わ》き上がって来たのだけれども……。

「リリーリア、私は、リリーリアにもしあわせになって欲しいの。本当に私について来てかまわないの？　誰か、あちらに残してきた方とかは……」

「いません」

食い気味にそう返してきたリリーリアに、そんなはずはないと焦《あせ》った私は、更に問う。

「え、いえでも、ほら、熱心にリリーリアにアプローチしてきていた方とか……」

「おりません」

「嘘《うそ》よっ！　私、あなたへの手紙もプレゼントも、学園のときに何度も何度も仲介《ちゅうかい》させられたじゃない！」

私が思わずそう叫《さけ》ぶと、ようやく誰の話をしていたのか理解したらしいリリーリアが、ひとつうなずいた。

「ああ……。あれは、からかっていただけでしょう。こんな容姿の、実家から絶縁《ぜつえん》されている年増《としま》なんぞに、本気のわけがありません」

「……そんなこと、ないのよ……」

「そうですか。では、あの方には興味がありません。生きる世界が違《ちが》いすぎるので」

実際の彼のリリーリアへの情熱を知っている私は弱々しく食い下がってみたものの、ばっさりと切り捨てられてしまった。

うん、たぶん脈がないな、これ。

ごめんカランシア。リリーリアはこのまま私がもらっていくことになりそうです……。

今私たちの話題の中心となっていた、リリーリアのことが大好きな彼ことカランシア・グラジオラスに、心の中で謝罪をする。

彼はリリーリアに、本気も本気のアプローチをしていたはずなんだけどなぁ。

それに彼は、この世界が乙女《おとめ》ゲームだとするならばこの辺りが攻略《こうりゃく》対象者だろう男性陣《じん》の中に含《ふく》まれていた程度には、学園の中心人物かつハイスペックな方だった。

まあ、ちょっと暑苦しい感じが、しないでもなかったけれども。

それもクールなリリーリアとはいいバランス……、とは、勝手に私が思っていただけか。

仕方ない。

「リリーリアが興味がないなら仕方ないけれど、もしあなたがいつか恋《こい》をしたら、私に遠《えん》慮《りょ》なんかしないでね」

「はいはい、わかってますよ。そんなことより、間もなく到着です。ちゃんと準備をしておいてくださいよ」

私のせめてものお願いをさらりとスルーしたリリーリアに、ため息が出てしまう。

本当にわかっているのかしら……。

街に入り、相手方との待ち合わせ場所に、リリーリアとサントリナ辺境伯《はく》家から来てくれていた騎士《きし》とともに、徒歩で向かう。

今は先ほど別れたベイツリー公爵家の人間が、持ってきた荷物を迎《むか》えの馬車に引き渡《わた》してくれているはずだ。

なのでその間に、私たちはこの街であちらの使用人の代表の方と昼食をとりつつ顔合わせをする予定、なの、だが。

……？

なんか、指定の店の外に、この場にいらっしゃるはずがない方が、おられる、ような……？

え。あ。待って欲しい。まだ私旅装で、完全に油断をしていたわけで。

でも遠目からでもわかるあの均整のとれた体格、銀の御髪《おぐし》を備えたあの方は、どう考えてもルース様その人なわけ、で……？

「エマニュエル嬢《じょう》、長旅お疲《つか》れ様です。あなた様のお越《こ》し、心よりお待ちしておりました」

ぐわぁあまぶしいっ！

こちらに気づき、たたたと駆《か》け寄り、そして爽《さわ》やかな笑顔《えがお》でそうおっしゃったルース様の顔立ちのよさと輝《かがや》きに、目がつぶれるかと思った。

「あ、ありがとう、ございます。歓迎《かんげい》感謝いたします……、え、いえ、ルース様自らお出迎えいただく予定でしたっけ⁉」

旅装だし！　油断してたし！

髪型《かみがた》もなにも好きな人に見せても安心なほど完璧《かんぺき》とはとても言えない状態の私は、思わず混乱のままに、叫んでしまった。

どんな表情をすればいいのかもわからない。

わたわたとうろたえる私の手を取り、そっと店内へとエスコートしながら、ルース様は告げる。

「予定にはありませんでしたが……。あなた様への、恭順《きょうじゅん》の意を表したくて」

？？？

はにかみ笑いをされながら言われた言葉の意味が、よくわからない。

きょうじゅん？　の、い？

恭順の意？　そんなわけないよな。

「え、えっと、それは、どういう……」

「詳《くわ》しい話は、人ばらいをしてから詰《つ》めた方が良《い》いでしょう。さあ、こちらへ」

私の質問には答えないまま、ルース様は地方の街には意外なほど高級そうに見えるレストランの中を、すいすいと進む。

店員さんが止める様子はないので、話はもう通っているのだろう。

え、いや、こんな高級レストランで、人ばらいをしてまで詰める詳しい話とか、私、心当たりないけど。

なんなの。

なんかこれ、盛大《せいだい》に話がすれ違ってないか？

二階の奥まった個室。その一番奥の、どう考えてもここがこの店で一番いい部屋の一番上座じゃんという席に、まだ混乱したままの私を座らせると、ルース様は私の傍《かたわ》らに膝《ひざ》をつき、えらく真剣《しんけん》な表情で口を開く。

「エマニュエル嬢からの手紙、すべて拝見いたしました。どれほどの苦労をされているのかと思うと、私も我が家に仕える皆《みな》も、涙《なみだ》を堪《こら》えきれませんでした」

「……へ？」

私からの手紙？

ただのふわっふわの浮《う》かれた恋文《こいぶみ》ときどきポエムだったかと思いますが？

いや違う。ポエムを交ぜたのはそれがこの国のスタンダードだからであって、決して私が浮かれすぎたが故《ゆえ》の暴走では、……まあなくもないんだけど。

いやでも、とにかく、馬鹿《ばか》にされることはあっても涙だの苦労だのとは一切《いっさい》関係なかったはず！

どういうこと⁉

「私の剣も、我が領の兵も、我が家の財も権力もサントリナ辺境伯領のなにもかもすべては、あなた様のご意志に従います。女神《めがみ》もかくやの素晴《すば》らしきあなたを、こんな辺境の地にまで追いやった奴《やつ》らへ、華々《はなばな》しく復讐《ふくしゅう》をいたしましょう！」

無駄《むだ》に良い声で堂々とそう宣言したルース様に、しばし私の時間が止まった。

そっかー。復讐かー。そりゃ確かに人ばらいしてから話すべき話題だなー……。

……って、復讐⁉ 必要ないけど⁉

っていうか、私、追いやられたんじゃなくて、自ら望んでこの地に嫁《とつ》ぎに来たんですけどぉ⁉

あまりによくわからない事態に私が硬直《こうちょく》していると、私の背後に控《ひか》えていたリリーリアが、なぜか彼を称《たた》えるかのように拍手《はくしゅ》をし始めてしまう。

「よくおっしゃってくださいました。エマニュエル様は、こんなところで終わる御仁《ごじん》ではございません。私も、微力《びりょく》ながら尽力《じんりょく》させていただきましょう」

「なにを言ってるのリリーリア！　しない！　復讐なんか、しません！　必要ありません!!」

思わず私が叫ぶと、リリーリアはチッと舌打ちをして、ルース様は首を傾《かし》げた。

「……しない、のですか？　では、いったいなんのために、こんな騎士と兵士と冒険者《ぼうけんしゃ》とにまみれた、とにかく戦力しかないような僻地《へきち》にまでいらっしゃったので？」

なにこれ私がおかしいの？

きょとんとした表情で、心底ふしぎそうに尋《たず》ねてきたルース様に自信を削《けず》られながら、私は答える。

「えっと、ルース様と、結婚《けっこん》をするため、ですね」

瞬間《しゅんかん》、なぜかルース様は、さっと表情を曇《くも》らせた。

「……私はまだ、真意を語るほどの信頼《しんらい》に値《あたい》しない、ということでしょうか？」

しょんぼりとしながらそう尋ねてきたルース様に、罪悪感を刺激《しげき》されるが、いや、なんでしょんぼりされなきゃいけないんだ！

「いやあの、これ以上の真意とか、ないです。私は、純粋《じゅんすい》にルース様と結婚がしたくて、この地にやってきました。先ほど『追いやった』とおっしゃってましたが、私は誰《だれ》にも追いやられておりません。国外留学という選択肢《せんたくし》もあったところを、サントリナ家から提案していただいた婚姻《こんいん》に、わーいと飛びついた次第《しだい》です」

「えっと、ですから、エマニュエル嬢が我が家との婚姻を了承《りょうしょう》してくださったのは、うちがなにかと使えそうだから、ですよね……？」

「違《ちが》いますよ！　私はサントリナ家と、というか、ルース様と結婚したいだけです！　え、本当に私からの手紙、全部読みました⁉」

？？？

互《たが》いに頭の上に疑問符《ぎもんふ》をいっぱいに浮かべた私とルース様は、よくわからない混乱の中で、婚約者同士になって初めての顔合わせを迎えていた。

そう。婚約者同士になって初めての顔合わせだというのに、私が事前に期待していたような、甘い雰囲気《ふんいき》などは一切ないままに。

なんだこれ。

いったいどんな盛大なすれ違いが発生してるの……？

ええと、状況《じょうきょう》を整理しよう。

私の手紙がどこかですり替《か》えられたかこの地方独特の慣用表現を知らずに使用してしまっていた、あるいは手紙とは関係なくこの地にはよっぽど私がひどい目にあっているバージョンの噂《うわさ》が届いていたなどの理由で、私が王家とかディルナちゃんとか神殿《しんでん》とかに対して復讐したいに違いない、と思われている。ってことよね？

誤解の原因はさっぱりわからないが、とりあえず復讐したいと思われていることはマズィ。非常にマズイ。そんなん国家反逆罪じゃん。

私にそんなとんでもない野望なんて欠片《かけら》もないし、ルース様を危険なことに巻き込むつもりだって毛頭ない。

原因の究明は後にして、急ぎ誤解を解くべきだろう。

「ええと、まず、私とディルナちゃん……女神のいとし子様って、実はけっこう仲が良いんですよ。同じ学園に通ってあれこれ教え教えられした、エマ様・ディルナちゃんと呼び合う仲です。先日も、旅立つ私に特別な祝福を与《あた》えてくれました」

まず、一番敵に回したらいけない相手すなわちディルナちゃんと敵対する気はないのだということを伝えたくて、私はここから説明を開始した。

けれどルース様は、不快そうに眉《まゆ》をひそめ、ぼそりと低い声で呟《つぶや》く。

「仲が良い友人の婚約者を奪《うば》ったあげく辺境に追いやる……、なかなかの邪悪《じゃあく》さですね。そんなのを崇《あが》めてる神殿ともども、さっさと燃やした方がいいのでは？」

「燃やさないでっ！　いやあの、このことはもうみんな知ってることなので言っちゃいますけど、私とフォルトゥナート王太子殿下との仲は、元々冷めきってました。そもそも政略極めていたし昔からよく知ってる親戚《しんせき》だからこそ、お互いにまったく恋愛《れんあい》感情を抱《いだ》けなかったので。よって、全然奪われた悔《くや》しさとかない、というか、正直奪われたとすら感じていないんです」

ルース様の発言のあまりの物騒《ぶっそう》さに、私は必死に説明を重ねた。危ない。私が長年愛用している猫《ねこ》かぶり用猫が一瞬旅立ちかけたくらい危ない発言だ。

「けれど、王妃《おうひ》というこの国一番の女性の地位は、エマニュエル嬢《じょう》にこそふさわしいでしょう」

どこまでも真剣な表情でそう返してきたルース様に、思わず乾《かわ》いた笑いが漏《も》れてしまう。

「いいえ、他《ほか》に適当な方がいなかったから引き受けていただけで、私自身はそんな大仰過《おおぎょう》ぎる立場は望んでおりません。地位には責任も伴《ともな》いますから。だいたい社交界は殺伐《さつばつ》としてますし王宮なんてその最たるものですし、私はそういうのはあまり得意じゃないので……」

いや本当に。その地位にふさわしくないと思われたらあっという間に引きずり下ろされる立場とか、少なくとも私はこわくて仕方がなかった。

ディルナちゃんのように、ただそこにいるだけでも価値があるなら味方も多いし安泰《あんたい》なんだろうけど。

いやあ、ほんと、ディルナちゃんが王太子殿下を選んでくれてよかったよ……。

思わず遠い目になってしまっていたところで、ルース様がふむ、とうなずいた。

「自分も社交は苦手ですね……。まあ、うちは他と距離《きょり》がありかつ領主がこの地を離《はな》れることはあまり望ましくないことから、だいたいそういうのは免除《めんじょ》されていますが。とはいえ、エマニュエル嬢は美しいですから。それでもぜひ招待したいという人物も多いでしょう」

美しい、うん、髪色《かみいろ》がね。確かに謹慎《きんしん》処分になる前は、多数のお誘《さそ》いがありましたよ。

正直面倒《めんどう》だった。

でも、私だってそこそこの魔法《まほう》使いなわけだし、もしや今後はこの地の防衛に役立つ人物になれるのでは……？

「私もこの地の防衛に専念したいとすれば、断っても角は立たない、ですかね？」

私が期待を込めてそう尋ねてみると、ルース様は当然のようにうなずいてくれる。

「それは当然そうですね。うちは代々、そんな感じで過ごしているので」

「じゃあそうします！　ふふふ、だいぶ楽ができますねぇ」

「……あの、うちはそんなに面白《おもしろ》いものがあるわけでもないので、飽《あ》きたら遠慮《えんりょ》なく遊びに出てくださって大丈夫《だいじょうぶ》ですからね？」

苦手なものを今後は回避《かいひ》できそうだとうきうきしきった私に、ルース様が心配そうにそんな言葉をかけてきた。

「遊び？　ルース様とピクニックとか遠乗りとかですか？　あ、私実は冒険者稼業《かぎょう》にも憧《あこが》れておりますの！　名のある魔獣《まじゅう》の討伐《とうばつ》なんかもいっしょに行ってみたいですね！」

更《さら》にわくわくとした気持ちでそう言ってみたのに、ルース様はなぜか、なんだか肩透《かたす》かしをくらったかのようにかくりと体勢を崩《くず》し、心底よくわからないといった表情で戸惑《とまど》っている。

「へ？　え？　あの、それで楽しいのでしょうか。というか、私なんぞが傍《そば》にいたら、息《いき》抜《ぬ》きにならないのでは……。いえあの、戦力として数えていただいているのであれば、もちろん尽力させてはいただきますが」

？

んんん？　なんか間違えたか……？

私とルース様が首をひねりあっていると、私の背後から、リリーリアの重たいため息が聞こえてきた。

「説明をさせていただきますと、エマニュエル様は、変わった感性をしてらっしゃるのですよ。男兄弟に挟《はさ》まれて育ったせいか、令嬢生まれのくせに妙《みょう》に庶民《しょみん》的というか、案外野《や》蛮《ばん》というか……。とにかくエマニュエル様は華《はな》やかなことがそう好きではないたちなので、王妃よりは辺境伯《はく》夫人の方が向いているのは事実です」

前世庶民なのでそれが抜けきっていないのだが、野蛮はひどくないか。

まあいい。そう、私は辺境伯夫人の方が向いている。そこが大事。よくぞ言ってくれたリリーリア。

「そう、そうなのです。そういったわけで、私は先の殿下との婚約破棄《はき》に関してはどうとも思っておりません。この地に来られて、むしろよかったと思っております。なので、復《ふく》讐《しゅう》は、不要。ここまでは大丈夫ですか？」

「……エマニュエル嬢は優《やさ》し過ぎるのではという気がしますが、まあ、いいでしょう。復讐は不要。承知いたしました」

しぶしぶといった様子ではあるものの、なんとかそう認めてくれたルース様に、ほっとため息が出た。

よかった。ノー国家反逆罪。平和が一番。

さて、復讐は不要、となったところで。

そもそもなんで、あの浮《う》かれ切った手紙からこんな珍妙《ちんみょう》な誤解が生みだされたんだ……？

その原因を探《さぐ》るべく、私は慎重《しんちょう》に尋《たず》ねていく。

「あの、ルース様、ところで、私の手紙はすべて読んでいただけた、とのことでしたが……」

手紙を書くときは浮かれ切って書いていたが、さすがに面と向かって『私からのラブレター読んでくれたよね？』と確認《かくにん》するのは恥《は》ずかしくて、私は尋ねながらも段々と声が小さくなってしまったし、たぶん頬《ほお》も赤くなっている。

私の照れがうつってしまったかのように頬を赤くしたルース様が、こほんとひとつ咳払《せきばら》いをしてから、口を開いた。

「あ、ああ、……その、すべて、拝見いたしました。あの、ご安心ください。妙な勘違《かんちが》いなどはしておりませんので」

「いやしてたでしょ。さっき、思いっきり勘違いしてたじゃん。なにをどう読んだら復讐が必要ってなるのよ？」

あ。猫が旅立った。うっかりぞんざいにツッコんでしまった。帰って来ーい猫や。

私はかなり焦《あせ》ったもののルース様は特に気にしていらっしゃらないようで、照れたように顔を赤くしたまま、私の質問に答えていく。

「その、エマニュエル嬢の手紙は妙に詩的というか、情熱的な表現が多かった、ですよね？」

「ええ、はい、自覚はあります」

「その、まるで私に好意を抱いているのではないか、と勘違いしてしまいそうなほどの表現でしたので、これはさぞや、追い詰《つ》められていらっしゃるのだろうな、と」

……………は？

追い詰め、られれ？　いや勘違いじゃなくて、まるでとかでもなく、事実、単純にあなたへの好意があふれ出しただけの手紙だったんですが？

「その、いえあの、『この前よこした品はなかなかよかったぞ』という意味も含《ふく》まれていたのだとは、わかっております。また、先ほどのご説明からすると、『辺境伯領での静かで安定した生活を望んでいます』という意味だったのかな、と、今は思います。ただあの、あまりに、あまりに情熱的な表現を多用されていたものですから、『現状がとてもとてもつらいので、助けて欲しい。私がここまでおだててやっているお前のその力を、私のために活《い》かせ』と、私を鼓舞《こぶ》していたのかと思いまして……」

呆然《ぼうぜん》としたままの私に、ルース様ははにかみ笑いで説明を続けた。

かわいい。じゃなくて。

なに、それ。

えっ。なにそれ。

なんでそんな裏読みをしたの⁉　この地方独特の文化とか⁉

「な、なんで、どうしてそんなひねくれた読み方をっ⁉　私、そんな上からな感じしますかっ⁉」

ようやく口が動くようになった私が心底焦って尋ねたのに、ルース様はきょとんと首を傾《かし》げている。

「どうしてと言われましても……。だって、私が人に、それも若い女性に好かれるわけもないことは、わかりきったことですし。上から、というか、エマニュエル嬢は実際に私よりも上の立場ですから！」

爽《さわ》やかな笑顔《えがお》とともに断言されて、くらり、と目まいを感じてしまった。

おま、お前。お前お前お前！

そんな！　魅力的《みりょく》な笑顔の持ち主が！　若い女に好かれないわけないだろ!!　現代日本に行ってみろよ！　ルース様のルックスの男なんぞ、ただそこにいるだけでモテにモテ過ぎて、私ごときじゃ近づけもしないわ!!

ああもう、なにから説明したら良《い》いわけ!?

「ああ、申し訳ございません。昼食がまだでしたね。すぐに用意させましょう」

怒《いか》りと混乱から来た私の目まいを空腹のあまりと勘違いしたらしいルース様がなにやら扉《とびら》の外に指示を出しに行くのを、止める気力も湧《わ》かない。事態がまだ呑《の》み込めていない。

私の手紙、そんなひねくれた読み方されていたんだ……？

そりゃ、過剰《かじょう》戦力なほどの騎士《きし》をよこすわけだ……。

あ、この前菜おいしい……。なんのムースだろ……。

って、違う！

速《すみ》やかにサーブされ始めた食事を一口口に運んでしまったところで、ようやくまともな意識が戻《もど》って来た。

「あの、ルース様、もう直球で言いますけど、私はあなたのことが好きです。飛竜《ひりゅう》から守っていただいたあの日から、ずっと。あの瞬間《しゅんかん》、私はあなたに恋《こい》をしてしまったのです」

手紙だから誤解が生じたのだ。

そう信じてまっすぐに彼を見つめて直球の告白をしたのに、なぜかルース様はこちらを安心させるような慈愛《じあい》の瞳《ひとみ》で微笑《ほほえ》んでいる。

「ご無理をなさらずとも大丈夫ですよ。私はエマニュエル嬢《じょう》の、忠実な僕《しもべ》です。そのような飴《あめ》を与《あた》えずともいかような命令でも遂行《すいこう》いたしますし、けして裏切ることはありません」

「ちっがうんだよなぁ！　え、なに、どうしたら信じてもらえるのこれ⁉　っていうかルース様こそ、どうしてそこまで私を崇《あが》めるような感じになっちゃってるんです⁉」

またもや猫《ねこ》の旅立ちがあった気がしながら、私は叫《さけ》んだ。

「それは当然……、私がエマニュエル嬢を愛しているからですね」

照れているのか頬を赤くして、けれど案外言葉としてはさらりと、ルース様はそう言った。

……えっ。

両想《りょうおも》いじゃん。愛し合う成立だよ。私もう死んでもルース様からのキスあったら生き返れるじゃん。いや別にルース様に心が無くともこの方からのキスとかもらえたら根性《こんじょう》で地獄《じごく》の底からでも舞《ま》い戻るけど。

「……なぜ」

「まあ、お恥ずかしながら、一目惚《ひとめぼ》れでした。なんて美しい方なのかと。ただその後、実際に会話をさせていただいて、色なしの私に顔をしかめも泣きもせず、必要なことにきちんと答えてくださる芯《しん》の強さと責任感、魔獣《まじゅう》の氾濫《はんらん》という危機から民《たみ》を守り抜く決意に、心打たれました。今はもう、あなたのすべてが愛《いと》おしい」

私のなぜ、は、なぜせっかく両想いのはずなのにここまで頑《かたく》なに私の想いを信じてくれないのか。だったのだが、ルース様は、なぜ私を愛しているのかを、照れたように頬をかきながら、答えてくれた。

私への評価は的はずれな気がするけどかわいい。私の方が愛してますが。

でも私の愛は信じてもらえないらしい。両想いなのにゴールが遠い。どうしたらいいんだこれ。

「失礼。口を挟《はさ》む無礼をお許しください。まずエマニュエル様、これ、信じてもらうには相当時間がかかりますよ」

そのとき、リリーリアがすっとそう言ってきた。

私もそう思う。

私がひとつうなずいたのを確認した彼女は、次にルース様に頭を下げる。

「次いで辺境伯《はく》様、僭越《せんえつ》ながら申し上げさせていただきます。エマニュエル様は、本当に趣味《しゅみ》が悪いんです。これほど醜《みにく》い私のことも、少しも気にせず近くに置いているくらいには。実力主義を極めていると考えていただいてもかまいません。エマニュエル様があなたの剣《けん》に惚れたというなら、それは事実だと思います」

り、リリーリアっ……！

言い方はともかく、私のことをよくよく理解してくれている彼女の援護《えんご》射撃《しゃげき》に、思わず感激の涙《なみだ》がこみ上げる。

「なるほど。エマニュエル嬢は、名のある魔獣の討伐《とうばつ》にご興味がおありとのことでしたね。私の剣も、当然エマニュエル嬢のものです。存分にご活用ください」

けれどルース様は、実にキリリとまるで忠実な騎士のような決意を返してくれた。

ダメだどうしても通じない……！　あなたの剣にだけ興味があるわけじゃないのに……！

髪色《かみいろ》明るい仲間からの言葉でもダメだなんて……！

「剣の腕《うで》をきっかけに辺境伯様自身に惚れている、とは考えていただけないようですね。ま、実際信じられませんよね。私も出会って三年くらいは警戒《けいかい》してました。そのうち、『こいつめちゃくちゃ趣味悪いし、このお綺麗《きれい》でなにか深い考えがありそうな容姿は見てくれだけで意外となんも考えてない、というかむしろ割と考え足らず』なのだと気づく日が来るとは思いますが」

へ、と皮肉気に笑ったリリーリアの言葉にルース様は首を傾げ、私はしょんぼりとした。

そんな風に思われてたんだ……。しかも三年も警戒されていたとか……。

「エマニュエル様、今は諦《あきら》めてください。私どものような者が人に心を開くには時間がかかります。これまで数えきれないほどに、心を閉《と》ざしたくなる目にあっているので。そうでなくとも、信頼《しんらい》には年月が必要です」

次いで真剣に告げられたリリーリアの言葉に、私はこれ以上、なにも言えなかった。

うん。確かに、いきなり信じて欲しいと言われても困るよね。

それに、悪いのはこの世界だ。

魔力量も連動するからか、この世界は醜いとされる人々に対する差別が激し過ぎる。

いっそここは常識が異なる世界に生きていた前世の話をすべきかと思ったが、それはそれであまりに信じがたい話だろう。

永遠の愛を誓《ちか》う間柄《あいだがら》になる予定であるし、年月をかけて色々信じてもらうしかないのだろう。

いやでも、この三ヶ月だって一日千秋の思いだったのに。

「……三年は、さすがに長いと思うの……」

「そこはまあ、どうにかがんばってください」

私の弱音を即座《そくざ》にばっさりと切り捨てたリリーリアは、けれど彼女にしては珍《めずら》しく、私を励《はげ》ますかのように優《やさ》しく微笑んでいた。

ルース様が住む屋敷《やしき》にようやく到着《とうちゃく》した、今日。

「少なくとも結婚《けっこん》式が終わるまでは、ルース様と私の寝室《しんしつ》は別、ですか……」

私のために整えてくれたという、大きな窓から降り注ぐ陽《ひ》の光が明るく差し込む、愛らしくも上品な調度品に囲まれた私だけの寝室を案内されながら、私は呆然《ぼうぜん》とそう呟《つぶや》いた。

「ええ。これはベイツリー公爵《こうしゃく》家からのご要望でもありますし、こちらとしても必要なことと理解しております。ルース様の容姿はその、……慣れるまで、時間が必要かと思いますので」

父め、余計なことを……！

先ほど紹介《しょうかい》してもらったこの家の執事《しつじ》さんが言いづらそうにそう言ってきて、私は舌打ちが漏《も》れ出そうになったが、なんとか堪《こら》える。

確かに、ルース様はかっこよ過ぎるから、慣れるのに時間は必要かもだけど！　でも美人は三日で慣れるだか飽《あ》きるだかって、あ、もしやブサイク過ぎてって意味……？　その点はまったく問題ないけど……？

「この寝室の鍵《かぎ》はこの二本のみです。一つはエマニュエル嬢ご自身が、もう一つは非常時のためにも誰《だれ》か信頼のおける……、リリーリアさんでしょうかね、が、お持ちになるといいでしょう」

ルース様にそう言って手渡《てわた》された二本の鍵をぼんやりと見つめていると、執事さんがなんだかきりりとした表情で、私に宣言する。

「ルース様はこちらの屋敷の主《あるじ》ではありますが、我々一同はエマニュエル様の身の安全を最優先といたします。ここには絶対に近づくことすら許しませんので、安心してお過ごしください」

え。いやいやいや。

先ほど、簡易的とはいえ神への誓いも済ませ、国への書類も提出し、私たちは正式に夫《ふう》婦《ふ》になったはずでしょうよ。

身の安全なんて理由で、夫が妻の寝室から排除《はいじょ》されるの……？

……いや身の安全っておかしかろう⁉

ルース様が私に危害を加えかねない人扱《あつか》いってことでしょ⁉　主をそんな認定《にんてい》するぅ⁉

それでいいのかサントリナ辺境伯家！

いいやよくない！　……はず！

仕方ない。

はしたないと思われようと、私からアピールするしかあるまい。

嫌《いや》じゃないんだと。ルース様とするそういうことを、危害だなんて思ってはいないんだと。

「えっと……、信頼、も、当然していますし、ルース様であれば、その、いつ来ていただいてもかまいませんので……」

そう言って先ほど渡された鍵のうち一本を、そっとルース様にお返しする。

ぽかーんとした表情でそれを受け取ったルース様は、信じがたいものを見るように鍵を見つめ、私を見つめ、鍵を、と、五度ほど視線を往復させた後、ようやく口を開いた。

「……寝室の外には、窓の外含《ふく》め護衛を常につけております。室内の寝《ね》ずの番は、不要かと思いますが」

「なんってそうなるかなぁ！　……こほん、失礼。どこに、寝ずの番を頼《たの》むために、夫を寝室に呼ぶ妻がいるというのでしょう？」

ああもう、猫《ねこ》が逃《に》げる！

もう無駄《むだ》な気がしつつもなんとか取り繕《つくろ》って、私はルース様に尋《たず》ねた。

「えっと、ここに？　他《ほか》に私がお役に立てることなどございませんし……。というか、いくらご不安とはいえ、あなたに惚れている男に寝室に入ってよいなどと言ってはいけませんよ」

ルース様にえらく真剣に諭《さと》されてしまい、頭痛を覚える。

なんだ？　私からルース様の寝室に押し入って夜這《よば》いを仕掛《しか》けたらいいのか？

いっそそうしてしまえば、私の本気をわかってもらえるのか？

でも、あっちにも鍵かかってていれてもらえなかったりしたら、ものすごく恥《は》ずかしいよね……。実際そんなことできる気もしないし……。

もう少しわかりやすく言ってみるしかないか。

「……いやですから、その、……そういう、意味で、来ていただいてかまわない、ということです。ルース様と私は、夫婦、なわけですし」

「やはり城は落としましょう」

私が恥ずかしさのあまりもじもじごにょごにょしていたら、いきなりきっぱりとルース様がわけのわからないことを言い出した。

えっ。なんで。

「エマニュエル嬢《じょう》、国王にどんな風に言い含められてきたかはわかりませんが、あなた様のお心がなにより大切です。というか、エマニュエル嬢にここまで悲《ひ》壮《そう》な覚悟《かくご》を固めさせた国のことを、私は許せそうにありません。待っていてください。あなたに仇《あだ》なすすべては、我々が滅《ほろ》ぼして……」

「ストップストップストップスト――――ップ！」

ギラギラとなんだか危ない決意を秘《ひ》めた目で危ないことを言って動き出したルース様と、

無言でその背後に付き従いつつあった執事さんを、叫《さけ》んで止めた。

いやまあ国家そのものがなくなってしまえば、それはもう革命ってやつだけど！　そういう問題でもない！

ノー国家反逆罪！

動きと言葉は止めてくれたものの、まだ瞳《ひとみ》にはなんだかこわい決意が宿った様子のルース様に、私は説得を試みる。

「私がここでのんびり平和に暮らしたいと、理解してくれたのではなかったのですか⁉　というか、その、ただ私は……、そう、後継《こうけい》！　嫁《とつ》いで何年も子ができないのは、やはり外聞がよろしくないでしょう。というか、それが原因でなにか変な噂《うわさ》にでもなっては嫌ですから……！」

王太子殿下《でんか》とのときはどうとも思わなかったけど、ルース様と不仲とか噂されたら、噂だけでも泣いちゃうもんね！

そう、これならはしたないとかではないはずだ！

私の言葉を聞いたルース様は、ふむ、とひとつうなずいて、すっかり落ち着いた瞳で穏《おだ》やかに笑う。

「エマニュエル嬢は、やはり責任感がお強いですね。けれど、大丈夫《だいじょうぶ》ですよ、そこまで気負っていただかずとも。どうせいつものように『やはりサントリナ家は……』などと、私が笑われるだけですから。元々我が家は晩婚傾向《けいこう》かつあまり子には恵《めぐ》まれない家系ですし、人間は醜《みにく》いものと美しいものが並んでいたら、醜いものが悪いに違《ちが》いないと判断するものですから。エマニュエル嬢の評判には、なんの影響《えいきょう》もないかと」

な、なんだそれ！　なんだそれぇえ!!

「ルース様を貶《おとし》める奴《やつ》らは、私がぶん殴《なぐ》ります！　というか、さっきからなんです、もう結婚したのにエマニュエル嬢エマニュエル嬢と！　もう夫婦になったのですから、呼び捨ててくださいませ！　あなたはどこまで自分を下に見て、そしてどこまで私との距離《きょり》をとるおつもりですか!!」

カッとなった私が思わず叫ぶと、ルース様がびくりと震《ふる》えた。

そのまま私に睨《にら》まれている彼は、困ったように眉《まゆ》をさげて、おずおずと口を開く。

「ええと、であればまず、エマニュ、エル、も、私のことを呼び捨てるべきだと思います。というか、無理せず気軽に接していただいてかまいませんよ。こう、幾度《いくど》かそうされてるように、楽に話してください」

くそっ。たどたどしくも私の名を呼び捨ててくれたのは嬉《うれ》しいが、猫かぶり令嬢ぶりっ子が完全にバレてる……！　まあバレるよね！

「……私が素《す》をさらけだしても、ルース様は幻滅《げんめつ》や失望をなさいませんか？」

「素直なあなたも、とっても愛らしいですよ。あなたがこの地でのびのびと過ごしてくださることこそ、私どもの望みです」

無駄なあがきと知りながら尋ねてみたら、えらく綺麗《きれい》な笑顔《えがお》で、うっとりと答えられてしまった。

「あの、では、失礼して。……私はもう遠慮《えんりょ》をやめるから、ルース、も、遠慮しないで欲しいの。だからあなたももう、敬語は……」

「いえ、女神《めがみ》は崇《あが》めるものですから。私はこの方が喋《しゃべ》りやすいですし」

すべて言う前に、きっぱりと真顔で断られてしまった。なんだそれ。

いや、まあ、そっちのが喋りやすいならいいのか。いやいいのか？　……まあいいや。

私は色々を振《ふ》り切るように一度深呼吸をしてから、告げる。

「……ルース、私はリリーリアが言っていた通り、令嬢らしくもなければ、けっこう野蛮《やばん》なの。だから、国のためとかそんな崇高《すうこう》な理念でここに来たわけじゃない。ただあなたのことが色なんて関係なく好きだからここにいるし、その鍵《かぎ》を持っていて欲しいの」

顔が熱い。やっぱりあまりにはしたない言動だったんじゃないかと思う。

いやでも、【身の安全】だの【慣れるのには時間が必要】だのの根拠《こんきょ》になっているのであろう、『ルース・サントリナは国一番のブサイクなので、当然そんな男との結婚《けっこん》や夫婦としての生活は嫌がられるものである』という誤解は、なにがなんでも解きたい。

私がどう思われようと、それだけは、絶対に。

「しかし、この鍵は、私なんかが持っていて良いものでは……、……っ！」

そっとこちらに鍵を戻《もど》そうとするルース様の手を握《にぎ》って、彼の手の中に鍵を閉じ込めた。

瞬間《しゅんかん》、びくりと震えて顔を赤くした彼に、ただ手と手が触《ふ》れ合っただけでこの反応なんだから、危険もなにもありえないでしょうとも思う。お互《たが》いに。私もけっこう顔が熱い。

「私の大切な旦那《だんな》様を、なんか、だなんて言わないで。だいたい、では夫以外の誰《だれ》が持ってるべきだと言うの？」

「……エマニュエルが、本当に心を寄せる方、でしょうか」

「そ、それがあなただって言ってるのに！　というか、今の言い方では、私が嫁いだばかりの身でもう心のなかに他の方がいると思っていて、あなたはそれでもかまわないように聞こえるのだけど……」

「ええ。それも、仕方のないことでしょう」

私に問い詰《つ》められたルース様は、暗い表情で淡々《たんたん》と認めた。

仕方ないわけがあるか！

政略結婚なんてそんなもの。そういう考えもあるかもしれない。実際、公然と愛人がいる方も多い。

けれど。けれども……！

「……許しませんから」

低い、自分でも驚《おどろ》くほど低い声で私がそう呟《つぶや》くと、ルース様がふしぎそうに顔をあげた。

私はその戸惑《とまど》う表情すらも美しい、ひどく整った顔面をぎろりと睨み上げ、きっっっちりと釘《くぎ》を刺《さ》すことにする。

「私たちの結婚は、国の都合もあって決まりました。あなたは家のため血統のために私を迎《むか》えると決めたのかもしれません。しかし、政略だろうとなんだろうと、夫婦《ふうふ》は夫婦です。私にはあなただけ、あなたには私だけ、その心づもりでいていただきたく存じます。ルース様に近寄る女は、私が片っ端《ぱし》からぶっ飛ばします」

こちとら推定悪役令嬢なんだぞ、というすごみを込めるつもりで、あえて敬語で宣言した。まあ、もう既婚《きこん》者だから令嬢は名乗れないだろうけど。

とにかく、世間の言う【女神のいとし子様すらもいじめ抜《ぬ》いた悪女】らしく、恋《こい》のライバルは徹底排除《てっていはいじょ》である。

そんな決意を込めて睨んだ視線の先のルース様は、なぜか顔を赤くしていた。

「あの、だ、大丈夫、です。私の心もなにもかも、すべて、あなたのものです。というか、エマニュエルじょ、エマニュエル、私にこの距離まで近寄れた女性は、あなたが初めてですので……」

あら。言われてみれば、鍵を握らせたり問い詰めたりぐっと睨み上げたりするうちに、もはやルース様にぴたりと張り付くような体勢になっていたわ。それで顔が赤いのか。

「……あの日私を抱《だ》き上げてくださったときも、かなり近かったような？」

私が首を傾《かし》げると、ルース様は相変わらず赤い顔で、私から視線を逸《そ》らしたまま答える。

「あれは戦場からの緊急脱出《きんきゅうだっしゅつ》で、救護活動ですから。そ、それにあの、そちらから来られる、というのは初めてのことでして……。『財産狙《ねら》いにしたって、色恋で相手をするにはあまりにも無理』と言われたことや、色々なしがらみの都合で、義務でともにダンスをした相手に、あまりの醜悪《しゅうあく》さで泣かれたことも吐《は》かれたこともあります」

なに、それ。いくら醜い（とされる色味をしている）からって、そんな……。

ルース様の語るあまりに悲しいエピソードになんと言えばいいのかわからない私に、彼は弱々しい笑みを浮《う》かべて、なおも言う。

「エマニュエルには、誠意を尽《つ》くします。私はけして、あなたを裏切りません。けれどそもそも、私に近寄る女性なんて、いるわけがないんですよ。私の実の母すらも、うまれた私のあまりの醜さにショックを受けて、一度も腕《うで》に抱くことのないまま出奔《しゅっぽん》したそうですから……」

よし、嫁姑《よめしゅうとめ》戦争（物理）だ。魔法《まほう》を使ってでも、そいつは私がぶっ倒《たお》す。

ようやく誰だかわかったルース様を悲しませた敵の一人に、私の殺意は燃え上がった。

「付け加えさせていただきますと、先ほどの発言、ルース様は浮気《うわき》許容派というわけでも、エマニュエル様を侮辱《ぶじょく》しようという意図があったわけでもありません。ルース様の母君がこの家を出た際、隣《となり》には手を取り合った愛人がおりました。我々従者としては腹立たしい限りですが、ルース様も先代様も、そして世間までもが、それを『そうしたくなるほどに醜いのだから、致《いた》し方ない』と扱《あつか》っておるようでして」

ほほう。やはり嫁姑戦争（物理）だな。

淡々と、けれどルース様の母に対する静かな怒《いか》りがこもった声音《こわね》で執事《しつじ》さんが教えてくれた事実に、殺意が高まる。

ルース様の容姿コンプレックス、根深いっていうか、もはやトラウマレベルじゃないの。

これでは確かにルース様の自尊心などはまともに育たなかっただろうし、人間不信になっても仕方ない。

この方は幾度傷つき、幾度絶望したのだろう。

すっかりと諦《あきら》めきったここから、どう私の愛を信じさせたらいいのか。

諸悪の根元（ルース様母）を倒したらめでたしってもんでもないよなぁ。

いや特に意味はなくとも腹立ったから見つけ次第《しだい》ぶっ飛ばすけど。絶対に。

……まあ、リリーリアが言っていた通り、信じるには時間が必要ということが、改めてわかっただけか。

少しでも早くわかってもらうには、わかりやすいようストレートに、ガンガンいくしかなかろう。

私は決意を、言葉にする。

「……決めたわ。私、やっぱり恥《はじ》も遠慮もかなぐり捨てる。ルース、これから私は、私の好意をわかってもらえるまで、猫《ねこ》も令嬢《れいじょう》ぶりっ子もかなぐり捨てて、全力であなたを追いかけて、全開で愛を告げるから」

「……え？」

なんだか惚《ほう》けた様子のルース様と、ついでに驚いた表情の執事さんににやりと笑って、宣言する。

「覚悟《かくご》していて。私はあなた、ルース・サントリナのことが好きなの。大好きなの。愛しているの。それを信じてもらえるまで、絶対に諦めないから！」

今日はとりあえず、ファーストネームで呼び捨てまで距離《きょり》をつめて、寝室《しんしつ》の鍵を（無理矢理）押し付けたまででよしとしよう。

でもこれから更《さら》に距離を詰《つ》めて、いつか、できれば九ヶ月後の私たちの結婚式くらいまでには、ちゃんと両想いだってわかってもらう。

たとえ女に失望してようと、私を諦めさせてなんかやるものか。

ルース様にも、この家の他《ほか》の人々にも。

そんな決意とともに、私の辺境伯《はく》家での暮らしは始まった。

第四章　新婚生活開始、だけど……？

私がサントリナ辺境伯家にやってきて、一週間。

今現在私は過剰《かじょう》なほどにお客様扱いをされており、正直困っている。

いや、大切にしてもらってはいるのだ。この上ないほどに。

世間では悪女と評判の私にもかかわらず、ただただようやく迎えた当主の新妻として、皆《みな》さん全力で歓迎《かんげい》してくれている。

部屋も服も食事も身の回りの品々すべてが、公爵《こうしゃく》家育ちの私が恐縮《きょうしゅく》しそうなまでに贅沢《ぜいたく》に整えられ、接する人もみな優《やさ》しく親切。非常に快適な生活だ。

けれど、肝心《かんじん》のルース様とはあまり会えていない。ルース様の仕事がお忙《いそが》しいというのもあるだろうが、生活空間がきっちりと分けられていて食事すら別、出迎《でむか》え見送りは不要と言われこの家の主《あるじ》だというのにこそこそと裏口から出入りされており、まともに顔を合わせることすらない。

それとなくメイドなどに確認《かくにん》したところ、どうも『こんなブサイクは見たくもないだろう』という気遣《きづか》いらしいのだが、以前のここの女主人が実際こうして過ごしていたそうで。

うん、嫁姑戦争（物理）への気概《きがい》が高まるというものだ。

特に仕事も与《あた》えられていない私はこの一週間、来《きた》る日に全力で備え、魔法の修練ばかりしていた。ルース様の母は商人を呼んだり、観劇や愛人との逢瀬《おうせ》にかまけて暇《ひま》をつぶしていたらしいが。うん、負ける気がしない。いや勝つ。

話がズレた。

とにかくそんなわけで、夫婦《ふうふ》だというのに、私から積極的に会いに行かなければルース様のご尊顔を拝む機会すらろくにないわけで。

私はこの事実に気がついてからは積極的にこちらから彼のもとに押しかけて、愛を告げることにしているというわけだ。

「おはようルース、愛してるわ！」

今朝は、庭で早朝からしていたという鍛練《たんれん》終わりのところを捕《つか》まえて、こう言ってみた。

「お、はよう、ございます、エマニュエル。あの、汗臭《あせくさ》いと思うので、あまり近づかれない方がよろしいかと」

顔を真っ赤にしながらそう返してくれたルース様は、今日もかっこいい。

鍛錬の後なので確かに汗をかいているのだが、むしろその汗こそが爽《さわ》やかでキラキラと輝《かがや》いて見える。正直舐《な》めてみたい。せめて保管したい。

いや、私は妻なのだし、この汗を私のハンカチに吸着させてそっと持ち帰っても誰《だれ》に咎《とが》められることもないのでは？

「あ、の！」

ハンカチ片手に獲物《えもの》を狙《ねら》う私に危機感を抱《いだ》いたのか、ルース様が少し大きな声でそう言って、私を手で制した。

気持ちを落ち着けるかのようにひとつ深呼吸をした彼は、相変わらず赤い顔のまま、私に告げる。

「あの……、王太子殿下《でんか》の裏切りにあなたが心を痛めただろうことは、わかります。しかし、私はあなたの信奉者《しんぽう》です。そのように過分なお言葉などいただかなくとも、けして裏切りません。というか、嘘《うそ》だとわかっていても心臓に悪いので、むしろ勘弁《かんべん》していただきたく……」

うーん、さっきの『愛してるわ』への返事が、まだこれなのか。嘘じゃないんだけどなぁ。

「そう、あなたはただそこにおられるだけで十分で……、……ああ、エマニュエルは、今日も目が眩《くら》むほどの美しさですね。私は遠くからでもあなたの美しい姿を見ることが叶《かな》い、そしてあなたの夫を名乗れる今のこの幸福だけで、なんだっていたしますよ」

ほう、とため息交じりにルース様が言ってくれた言葉に、嘘はないのだろう。

確かに私の（髪《かみ》の）美しさに魅了《みりょう》されてくれているのだろう。両想《りょうおも》いだ。めでたい。

ただ、全然私の気持ちは信じてくれていないままだ。

というか、ここの使用人一同含《ふく》め、こんな感じで崇《あが》められていてやりづらいことこの上ないんだよなぁ。

それもこれも、私が過剰に評価されているのが問題な気がする、と、今気づいた。

あ。確か今日は、ルース様も休日のはず。

「……なんでもしていただける、と」

「ええ、神殿だって潰《つぶ》してみせましょう！　私の女神《めがみ》は、あなただけですから！」

「あ、そういう物騒《ぶっそう》なことはしなくていいので」

ぽつりと呟《つぶや》いただけの私の言葉に、即座《そくざ》にえらくわくわくした様子で物騒な返事をしてきたルース様を、軽く制する。

「そうですか……。では、どのようなことでしょうか？」

あからさまにしょんぼりとした様子でそう言った彼の額の汗を、隙《すき》ありとばかりにすかさずぽんぽんとハンカチで回収しながら、私は先ほど思いついたことを言葉にしていく。

「今日は、私とルースの二人で、魔獣《まじゅう》の討伐《とうばつ》にでも行ってみない？　確か、北方の村近くの山でワイルドボアが増えすぎて困っているということだったわよね？」

ワイルドボアは、かなり凶悪《きょうあく》なイノシシといった感じの魔獣だ。この領地の最大戦力でもあるルース様のもとに、間引きをしてくれないかという嘆願《たんがん》が来ていると、二、三日前に耳にした。

お休みの日に申し訳ないような気もするのだが、イノシシ狩《が》りで私のちょっと野蛮《やばん》なところを発揮して多少幻滅《げんめつ》してもらい、良《い》い感じに親しみを持ってもらうというのはどうかと、先ほど思いついたわけで。こう、冒険《ぼうけん》を通して二人の距離が縮まったりしないかなという期待もある。

「……あの、わかりました。お供します。私も、早めに対処せねばと思っておりましたし。ですから、あの、過剰なサービスは不要ですのでもうやめていただきたく……！」

サービス？　なんのこっちゃ？

かぁああと音が鳴っていそうなほどに赤面したルース様が、更に額に汗を流《なが》しながら言った言葉に、首をひねる。

いやぁ、なんでかよくわかんないけどガチガチに固まってもいるし、汗の採取が捗《はかど》るなぁ。って、あ、これか。

私が彼の額の汗をハンカチでぬぐうのに、身長差の関係もあってかなり接近してるせいで更に汗が噴《ふ》き出て来ていて、もうやめていただきたくなのか。

べつにこれ、『ここまでサービスしてやってんだから、休みだろうとイノシシ狩りに行ってくれるよね？』的な圧とかじゃないんだけど。

……まあでも、確かにこのままだとキリがなさそうなので、ここらで終わりにしておいた方が良いかもしれない。

「じゃあ、今日はワイルドボア狩りデートね！　辺境伯《はく》夫人として、私もこの地の役に立てる魔法使いだって、証明したいところだわ」

ふふ、と彼に笑いかけて、そっとハンカチをひっこめる。

ルース様はあからさまにほっと息を吐《つ》いて、肩《かた》の力を抜《ぬ》いたようだ。

こんなにもかっこいい人がこんなにも女慣れしていなくて純情なのはかわいいとは思うのだけれど、正直、もう少し私に慣れて欲しい。

山でなんかしらの緊急《きんきゅう》事態になったりしたら、またお姫様《ひめさま》だっことかしてくれるかなぁ。

いや、山でそれはルース様の負担がヤバイか。

さてどうしたもんかなと思いながら、私はイノシシ狩りの準備を進めるのであった。


しまった。もうちょっとかわい子ぶるべきだったか……？

そう気づいたのは、順調に準備を終え順調に山へとやってきて、順調に七体目のワイルドボアを狩った後だった。

私が魔法で山全体を探《さぐ》り、ワイルドボアだろうと推測される強めの魔獣の気配を探知。遠くからなのでせいぜい動きを鈍《にぶ》らせる程度しかできなかったものの私得意の闇《やみ》魔法でデバフをかけた魔獣のところまでハイキング、デバフとか必要なかったなという圧倒《あっとう》的強さでルース様が瞬殺《しゅんさつ》。最後に私が麓《ふもと》の村に張らせてもらっておいた転移陣《じん》に、魔獣の死骸《しがい》を魔法で丸ごと転移させ……、と、まあ、ここまで完全に流れ作業だ。

ちなみに、死骸はワイルドボアの被害《ひがい》を受けた麓の村で処理してくれる予定になっている。解体やらの手間はあるが、やつらの素材を売れば損害の穴埋《あなう》めになるはずだ。

うん、あまりに順調で、実に無駄《むだ》の無い流れ作業である。

無駄の無い流れはいいのだが、魔獣こわーいだの、村までは馬で来たのだが馬のれなーいだのと甘ったれてみた方が、もうちょっといい雰囲気《ふんいき》になったのでは？

そう思ってしまうくらい、なんだか淡々《たんたん》とここまで来てしまった。

いやでも無能と思われたくはないよな……。できることをできるだけやったら、ルース様と私の能力が高過ぎてただの作業になってしまったわけで……。

それにほら、親しみを持ってもらうという意味では成功している気が……、いや、連係はとれているけど、夫婦らしいきゃっきゃうふふな空気は少しもないな。あってもせいぜい仕事仲間の連帯感。

七体目に至る前に気づけという気もするが、気づく間もないうちにここに至るくらい順調過ぎたのだと思う。

とにかく、これはデートとは言い難いだろう。

現状ここまで、ピンチでドキドキで吊《つ》り橋効果とかまったくない。

いやルース様の戦いっぷりを間近で見られたので、私としてはキュンとした瞬間はあったけれども。ハイキング途中《とちゅう》登りにくい箇所《かしょ》で手を引いてもらったりしたときにも、キュンとはしたけど。

逆にただ後方で控《ひか》えていたり、へばり気味に山を登っていただけの女を見てキュンはしないだろう。

私の見せ場が足りないというか、私のやっていることがあまりに地味すぎるんだよな……。

「エマニュエルは使う魔法までも、実に美しいですね」

ところが、死骸の転送を終えた私を眺《なが》めていたと思ったら、ルース様がどこかうっとりとした声音《こわね》でそう言った。

「え、あ、そう、かしら？」

密《ひそ》かに反省をしていたところに思いがけないことを言われた私は、若干《じゃっかん》しどろもどろにそう応《こた》えてから首を傾《かし》げる。

私の魔法、豊富な魔力でゴリ押しする感じだし……、さっきから地味なことしかできていない気がするし……。美しい部分、あったかなぁ？

「ええ。見ているだけでも酔《よ》いしれてしまいそうなほど豊富で高純度の魔力、それに振《ふ》り回されることなく呼吸をするかのように高度な魔法を使用し続けるあなたは、まさに女神の風格と言えましょう」

「いえ、そんなことはないと思うの。ルースの繊細《せんさい》なコントロールの方が素晴《すば》らしいわ。山に入ってからずっと、体の中に魔力を巡《めぐ》らせて身体能力を強化している、のよね？　そんな魔法、あなた以外に使える人を私は知らないわ」

幻滅からの親しみどころか、更《さら》なる崇め奉《たてまつ》りの気配を感じた私は、慌《あわ》ててルース様の言葉を否定し、逆に彼の素晴らしさを褒《ほ》め称《たた》えてみた。

いや実際すごい。自分の身の内で魔法を行使なんて、血管や神経のひとつひとつまで気を配らなければできない。私がやったら絶対血肉がはぜる。

「ああ、自分のこれは、代々あまりに魔力が少ない我が一族が、それでもどうにか戦おうともがいた結果でして……。確かに珍《めずら》しくはあるようですが、こうして身体強化して剣《けん》を振るうより、火球のひとつでも飛ばせた方がはるかに効率的でしょう」

ところが彼は、情けないと感じているかのような表情でそう言って、頬《ほお》をかいた。

確かに多くの貴族が誇《ほこ》っている魔法使いらしい戦い方ではないが、卑下《ひげ》する必要は少しもないのに。

「そうかしら？　魔法は強力かもしれないけれど発動には時間がかかるし、私の防御力《ぼうぎょ》なんて紙みたいなものよ。あなたはそんな私の弱点を、完璧《かんぺき》以上にカバーしてくれている。今あなたに見捨てられて魔獣《まじゅう》あふれるこの山で一人放置されたら、私は秒で死ねる自信があるわ」

「私があなたを守れる幸福を手放すわけがないでしょう。仮定にしたってありえません」

私の反論に食い込む勢いでえらく真剣にそう言われて、一瞬言葉に詰《つ》まる。

ルース様、私に対する敬意と好意は常に全開なんだよなぁ……。

「……あ、ありがとう。その、私とルースはそれぞれ違《ちが》う力を持っていて、それぞれ違うことができて、そしてそれは、互《たが》いの短所を補い合える関係というか……、そう、いいパートナーだって、言いたかったの」

「あなたの盾《たて》として剣としてお役に立てるなら、私はこんな戦い方しかできなくて、かえってよかったのかもしれませんね」

段々恥《は》ずかしくなってきた私の声は次第《しだい》に勢いを落としていたが、ルース様はどこまでも綺麗《きれい》な笑顔《えがお》で、実に嬉《うれ》しそうにそう言った。

ああもう！　どこまで自己評価が低いのかしらとか、パートナーって認めてくれたんだかくれてないんだかわかんないんだけどとか、言いたいことがいっぱいあるのに！

そんな好意全開で嬉しそうに笑われたら、『ああもう、好き！』で全部が埋《う》め尽《つ》くされちゃうじゃないの……！

「はい失敗した今回は私の負け‼」

「えっ⁉」

突如叫《とつじょさけ》んだ私に、ルース様はびくりと震《ふる》えた。

「え、あの、失敗とは、……なにか私がしでかしましたでしょうか？」

びくびくとこちらを窺《うかが》う彼に、ヤケクソ気味に首を振る。

「いいえ！　ルースは終始かっこよかったわ！」

「では、あの……、いったいなにが負けでなにが失敗なのでしょうか……」

おそるおそる尋《たず》ねてきたルース様に、ひとつため息を吐《つ》いた。

「惚《ほ》れたが負けと言うでしょう。だから、私の負けということよ」

「……へ？」

ぽかんと首を傾げた彼に、この表情かわいいな……、なんて思いながら、私はつらつらと白状していく。

「私、今回私のことを見直してもらおうとこの山に来たの。けれど、ただ私があなたの頼《たよ》りがいを再確認《さいかくにん》して、あなたに再度惚れ直しただけだったわね。なので失敗で、なので負けです。次のデートは、冒険《ぼうけん》とかじゃない感じにしましょう。今度は、いっしょに街に出かけて楽しくお買い物をしてみたりしませんか？」

「え、いや、あの、な、なぜ？」

反省からの改善案の提案に、返ってきたのは疑問だった。いきなりすぎたかしら？

「なぜ、ええと、そういうのが普通《ふつう》のデートの定番だと、リリーリアに教わったから、かしら。今日出発前に準備を頼《たの》んだら、『ピクニックや遠乗りならまだしも、デートで魔獣狩《が》りはありえません。まさか本気だったなんて……』と、ひどくあきれられたわ。ルースにいいところを見せたくて強行してみたのだけれど……」

結果は失敗だった。

言いながらしょぼしょぼとうなだれた私を励《はげ》ますかのように、ルース様は首を振る。

「え、いえ、エマニュエルのいいところは、十二分に見せていただいたかと。あなたの魔法には実に目を惹《ひ》かれましたし、これほど楽に確実に奴《やつ》らを仕留められるのであれば、今後もどうにかお力を貸していただけないものかと考えていたくらいでして……」

「まあ、私、この地とルースのお役に立てまして？」

嬉しい言葉にぱっと顔をあげれば、ルース様はどこまでも真剣な表情でうなずいてくれる。

「はい、この上なく」

「では、ご褒美《ほうび》をください。私と街歩きでお買い物デート、してくださいな」

現金な私がそう言って差し出した手を、ルース様はいぶかし気に眺めた。

「……私の同伴《どうはん》がなくとも、街での買い物であれば我が家のツケで済ませられますが」

「あら、私持参の資産って、それなりにあるのよ？　一日の街歩き程度で金銭の心配なんてしないわ。なんならなんでも奢《おご》るから、いっしょに来てくれないかしら？」

私の誘《さそ》いに、ルース様の首の角度といぶかし気な感じは、ますます深まってしまった。なぜ。

「……ええと、我が街はさほど治安が悪くはないので、護衛はそこまで必要ありません。エマニュエルが街に出る日は警邏《けいら》を増やし、随所《ずいしょ》で騎士《きし》の目を光らせておきます。それで十分かと。逆に人目は多いですから、荷物持ちは見目で選んだ方がよろしいかと思いますが……」

「それは、お義母様《かあさま》のことかしら？」

「ああ、そうですね。母は街に出るときには、幾人《いくにん》もの美男子を侍《はべ》らせていたと……」

「よーし嫁姑《よめしゅうとめ》戦争（物理）だ」

「え」

憎《にく》しみのこもった私の呟《つぶや》きに、ルース様が驚《おどろ》きをあらわにしている。いけない。

私はこほんとひとつ咳払《せきばら》いをしてから、とびきりの笑顔でごまかしにかかる。

「ああ、なんでもないわ。そうね。ルースには、護衛というほど気を張らずについて来て欲しいわね。いっしょに楽しんでくれるかしら」

「あ、あの、ですから荷物持ちならば見目で……」

「見目で選んで、あなたが良《い》いと言っているの。もちろんあなたの見目だけじゃなく、性格にも能力にも惹かれてはいるけど、見目だけで選んだってあなたがいいわ」

「んんん？　え、ええと、エマニュエルには、引き立て役など必要ないかと思いますが……？」

己《おのれ》がブサイクだと思っているであろうことは若干《じゃっかん》腹立たしいが、そのコンプレックスは根深く解消には時間がかかりそうなので、今はそこは置いておく。

ますます困惑《こんわく》を深めたルース様に、私はにやりと笑ってみせる。

「つまりルースは、引き立て役なんて必要ないくらい、私が美しいと思ってくれているってことよね？」

うぬぼれ過ぎていて恥ずかしいが、今世の私は美（髪《はつ》）少女だと奮い立たせてそう尋ねれば、ルース様はうっとりとした笑顔でうなずいた。

「ええ！　世界の誰《だれ》とも比べようがないほど、エマニュエルは絶対的圧倒《あっとう》的に美しいです！　太陽の輝《かがや》きにも揺《ゆ》るがないその黒、指先までも洗練されたそのふるまい、気品は感じるのに気取っているとは感じさせない嫌《いや》みのない笑顔を振り撒《ま》くあなたに、魅了《みりょう》されない者などいるわけがありません」

そこまで言ってくれなくて良かったんだけどな……！

羞恥《しゅうち》に心折れそうになりながら、一応は狙《ねら》い通り私の美しさを認めてくれたルース様に、私は質問を重ねる。

「じゃ、じゃあ、街歩きで連れ歩いたら、私は私の隣《となり》を歩く殿方《とのがた》の、自慢《じまん》になれるかしら？」

「当然でしょう。あなたの隣を歩ける男は、この世で一番の果報者です」

「それがルースだったら、嬉しい？」

「もちろん。その権利を得るためならば、私の全財産を捧《ささ》げてもかまいません」

「今ならあなたなら無料よ。よかった、私を連れ歩いてくれるのね！　というわけで、次のお休みは、二人で街に出ることにしましょう！」

「あ、はい。かしこまりました。……あれ？　え、ええええ!?」

私の誘導《ゆうどう》にはまったルース様は今更《いまさら》驚き戸惑《とまど》ったが、既《すで》に言質《げんち》はとった。

あちらが見目で選ばれる自信がないのなら、こちらが見目で選んでもらえばよろしいということで。作戦成功である。

「さあさあルース、次の予定も決まったことだし、今日の作業をさくさく終わらせてしまいましょう！　次は、ここから西の、少し下ったところにいるみたい！」

「西ですね、かしこまりました。いえ、あの、話を戻《もど》すと、私を連れ歩いてはあなたを不快にさせてしまうかと……」

「そんなことないから大丈夫《だいじょうぶ》よ。あら、こっちちょっと急勾配《きゅうこうばい》ね」

「お手を。もし不安なら、エマニュエルくらいなら背負って降りられますよ。って、そうではなく……」

「ああルース、あなたはどこまで頼りになるのかしら！　もしどうしてもダメそうなら、そのときはお願いするわ」

「遠慮《えんりょ》なくおっしゃってください。それでその……」

なんだかんだと食い下がろうとしているルース様を笑顔《えがお》でスルーして、イノシシ狩りに戻る。

その後はやはり特筆することもなく、順調に狩りは終了。

彼に負担はかけたくないので山中では我慢したけれど、広くて頼りになる背中の感触《かんしょく》は確認しておきたかったので、麓《ふもと》の村の近くに到《いた》ってから限界を訴《うった》えおんぶはしてもらった。

予想通り広くてしっかりとしていて実に頼もしい背中であった。言質は撤回《てっかい》させることなく守り抜《ぬ》いた。

全然デートっぽくはなかったけれど、大満足の戦果と言えよう。

サントリナ辺境伯《はく》家、使用人たちの休憩室《きゅうけい》にて。

「エマニュエル様がこちらに来てうちの奥様になられて、もう一ヶ月になるのね……。

……ねえみんな、ここだけの話、奥様のことどう思ってる？」

「どうって……、まずとにかく美しい方よねぇ。あの美貌《びぼう》で公爵《こうしゃく》家のご令嬢《れいじょう》ならプライドの塊《かたまり》になりそうなものを、案外気さくなところもあるし……、非の打ち所がないって感じじゃない？」

「私どもにまでお優《やさ》しく、王太子妃《ひ》すら務まるだけの素養と品があり、魔法《まほう》使いとしても桁外《けたはず》れのお力を持っていらっしゃる。完璧《かんぺき》過ぎるくらいでしょう。なにより、私は先代の奥様も知っておりますが、先代の奥様と違《ちが》い、旦那《だんな》様をないがしろにしたり延々とこの家への不満をあらわにしているような方ではないのがありがたいかと」

「あー、うんうん、私もとーっても素晴《すば》らしい奥様だと思う。そうじゃなくて、いやそれもそうなんだけど……、……私、あの奥様は、もしや本気で趣味《しゅみ》が悪いんじゃないのかしらって、最近思うようになったの」

「……それ、奥様の、ルース様、旦那様への態度とそこから推測される感性の話？」

「そう。それよ。奥様って、旦那様のこと、割と好きよね？」

「割と、というか、どう見ても恋《こい》をしてる様子かと。それも、かなり熱烈《ねつれつ》に」

「最初は『妻となったからには』みたいな義務感から交流を試みているのかと思ったけど、

あれは、どう見てもそれだけじゃないわよね……」

「当の旦那様は『自分にそんな幸福が降りかかるわけがない』って、まったく信じていないようだけれども……。まあ親がアレで育ちがコレじゃあ、ああなって仕方がないとは思うけど、さすがにそろそろ失礼じゃないかってくらい頑固《がんこ》よね……」

「でも、奥様はまったくめげずにアプローチし続けてるじゃない。旦那様を手玉にとるための演技だったら、あそこまで頑《かたく》なにされちゃそろそろ怒《おこ》るとかなんとかボロ出してもいいはずだけど、たまーにちょっと悲しげなくらいでしょ。だから演技でそう見せているとかでもなくて、本当に純粋《じゅんすい》に好きなのかなって……」

「手玉にとるだけならあんなに好き好きでいかなくとも、ちらと流し目でもくれてふっと口角あげとけば十分よ。というか、何もしなくたって旦那様ならなんだってするでしょうよ」

「そう、だからさぁ、やっぱり奥様って、本気で趣味が悪いんだって思ったの」

「私たちの敬愛する主人を愛しているだけの奥様を『趣味が悪い』と評するのは、よろしくないと思いますが……」

「だからここだけの話って言ったじゃない。だいたい、それ以外になんて言ったらいいのよ。旦那様は姿以外は素晴らしい方だから、姿に関しては目をつぶる……ってわけですらなくて、奥様は旦那様に見惚《みと》れてもいらっしゃるじゃない」

「……一度王太子殿下《でんか》の裏切りにあってしまったがために、旦那様のお姿がかえって好ましい、安心感があると感じるようになってしまったのかもしれませんね」

「うんまあ理由はどうだっていいのだけれど、とにかく、奥様はたぶん、本当に趣味が悪くて、本気で旦那様のことを愛していらっしゃるのよ」

「まあ、そうね。私も奥様の想《おも》いは本物だと思うわ。旦那様以外は、みんな段々そう思うようになってきているんじゃないかしら」

「そうよね。だから私、絶対に、あの奥様を逃《に》がしたらいけないと思うの」

「ん？　なにそれ？」

「どういうことですか？」

「どうもこうも、あの善良さあの能力の高さあの美貌あの趣味の悪さを兼《か》ね備《そな》えた、まるで天が旦那様のためにあつらえたかのような貴婦人なんて、エマニュエル様以外に絶対いないって話よ！　あの方を逃《のが》したらマズイって、私たちの共通認識《にんしき》にしとくべき！　……と思ったから、今こうしてみんなに話しているの」

「ああ、なるほど。旦那様のしあわせなんてご本人は諦《あきら》めているようだし私たちも諦めつつあったけど……、奥様がこの家に居続けていてくださることこそ、旦那様のしあわせかもしれないわねぇ」

「先代の奥様のときは『やっと出ていったか』って安心したって聞いたことがあるけど

……。エマニュエル様には、逃げられるわけにはいかないってことね」

「先代の奥様に関してあまり言いたくはありませんが……、……かの方は常に苛立《いらだ》っており、些細《ささい》なことで使用人に対して鞭《むち》を持ち出す方だったということは、皆《みな》さんにも伝えておきましょう」

「ひえ。こわ。あの、しかもエマニュエル様と違い持参金もなしにやってきて、この家の財を食いつぶす勢いで散財したとか……？」

「ええ。金銭トラブルも多かったですね。……最近先代の奥様は、またどうもこの辺りで動いているようです。金の無心に来る日も近いかもしれません。先代様と違い、ルース様であればきっぱりと対処できるとは思いますが……、つくづく困った方ですよ」

「それと比べるのも失礼だけど、エマニュエル様がこの屋敷《やしき》の女主人なのは、仕える私たちにとってもしあわせなことなのね……。旦那様は奥様のことを常々女神《めがみ》だと崇《あが》め奉《たてまつ》っているけど、確かにこの家の救いの女神ってやつかもしれないわ」

「うん、絶対に逃がしちゃダメだわ。まあ、私たちにできることなんて、今まで同様あの方ができる限り快適にここで過ごせるよう気を配るくらいだけれど……」

「でも、今までは極力旦那様の姿を視界に入れずに済むよう気を配っていたけど、そこは逆にした方がいいでしょう？　やっぱりほら、好いた相手なら、少しでも姿を見られた方が嬉《うれ》しいだろうし」

「そうね。奥様って旦那様を見かけると、犬か幼子かと見まごうくらい純粋な嬉しさ全開の笑顔で駆《か》け寄っていくのよね……」

「旦那様のご意向に逆らうことにはなりますが、当の旦那様ご自身が『私よりもなによりもエマニュエルを優先し、誰《だれ》と対立することになろうと彼女の味方をするように』とおっしゃってますからね。我々は、奥様の恋の味方として全力を尽《つ》くしていきましょう」

「ふふ、【恋の】だなんて浮《う》かれた言葉なんだか恥《は》ずかしいようだけど、そんな浮かれたことのためにがんばれる日が、このサントリナ辺境伯家に仕える私たちに来るなんてねぇ」

「奥様がいらしてから、この家雰囲気《ふんいき》いいわよね。あれだけ美しい女主人なんて、いてくれるだけでも張り合いになるけど、ああまでしあわせそうにどこまでも楽しそうに恋をしてくれていたら、私たちだって浮かれてしまうというものよ」

「そしてその恋の相手が旦那様なんだから、本当に奥様の趣味が悪くてよかったとしか……。貴族の夫婦《ふうふ》関係なんて、ギスギスしていて当たり前らしいじゃない。そんな家に仕えることになったら、やっぱり私たちだって息が詰《つ》まるでしょう」

「ありがたいことです。後は旦那様の頑なさだけが問題ですが……。あれが解きほぐれるまで奥様にがんばり続けていただくよう、やはり私どもは奥様の味方に付き、奥様を励《はげ》まし続ける他《ほか》ありませんね」

「うん、がんばりましょう。主人の幸福と、ついでに私たちの平穏《へいおん》のために！　エマニュエル様は、絶対に逃がすわけにはいかないのよ……！」


私が辺境伯家で暮らすようになって二ヶ月ちょっとが経過した、八月のある日。

今日はようやく、前回のデートのときに約束をした街歩きデートの日だ。

前回のデート後私も魔獣《まじゅう》狩りに参加させてもらえるようになったため私が暇《ひま》を脱却《だっきゃく》したり、ルース様がやっぱり忙《いそが》しかったり、二人の休みが重なっても天候に恵《めぐ》まれなかったりを繰《く》り返した結果、今日までのびてしまった。

朝。街で悪目立ちをすることのないよう、持っている中では一番シンプルなひざ下丈《たけ》のワンピースに編み上げブーツを合わせて纏《まと》い、階下に下りる。

着いた正面玄関《げんかん》の手前のホールには、同じく比較的《ひかくてき》ラフな格好のルース様が待っていた。

「待たせてごめんなさい。おはようルース、愛してるわ」

「さほど待っておりませんので、お気になさらず。おはようございます、エマニュエル。今日もあなたは、この上なく美しいですね。そのシンプルな装《よそお》いだからこそ、小手先のごまかしなど必要のないあなたの美しさがよくわかります」

「ありがとう。ルースもとってもステキよ」

にこり、と互《たが》いに笑《え》みを交《か》わしたものの、べつに私の想いを受け入れてもらったわけじゃない。

私の愛の言葉とルース様の褒《ほ》め言葉に、お互いに慣れただけだ。ただの挨拶《あいさつ》としてスルーするようになったとも言う。

いやもう、ルース様ってば、めちゃくちゃ頑なでして。

この二ヶ月、私が好きだの愛しているだのと伝えるたびに、都度「それで、なにがご入り用ですか？」だの「お気遣《きづか》いは不要です」だの「ははっ、ありえないですね」だの「あの本当に、そんなことなどおっしゃらずともなんなりとご命令はお受けしますので」だの「……いったい、なにが狙《ねら》いなのでしょうか」だのと、私の想いを否定する言葉ばかりを返してきた。

つい先日執事《しつじ》さんに「それは奥様に失礼な物言いではないでしょうか」と諌《いさ》められてからは一々反論することがなくなったが、たぶん、まだ、信じてはくれていない。

彼は相変わらず私との距離《きょり》を保っていて、相変わらず自己評価が低いままだ。私に愛されている自信などというものは、みじんも感じ取れない。

ただ、そう、執事さんをはじめとする使用人さんたちの態度は、明確に変わった。なんか最近、えらく私に協力的なのである。

前までは聞かなければ教えてくれなかったルース様のスケジュールが自動で私に共有さ

れるようになり、食事も同じ場所時間にセッティングしてくれるようになり、ルース様にも正面玄関を使うよう促《うなが》し、なんだかんだと私がルース様と顔を合わせる機会を増やしてくれている。

元々私にも優《やさ》しい方々ではあったが、唯一《ゆいいつ》的はずれな優しさを発揮していたルース様とのことに関しても、私の意のままに動いてくれるようになったとでも言おうか。なんだかますます甘やかされている気がする。

ルース様に近づく悪女と思われていた誤解が解けたというか、私がリリーリアの言うところの『意外となんも考えてない』だとわかってもらえたのかな。馬鹿《ばか》な子ほどかわいい的な。

外堀《そとぼり》が順調に埋《う》まってきたところで、そろそろ本丸すなわちルース様にも諦めていただきたい。

そんな決意を胸に、私はルース様といっしょに、街へと繰り出すのであった。

サントリナ辺境伯《はく》領は、王都に引けを取らないくらい栄えているんだな。

そんな感想を抱《いだ》くほど活気あふれる街並みの、様々な店舗《てんぽ》に目移りをしてしまいそうになるメインストリートをルース様といっしょに歩き出して、少し。

……うん、なんか違《ちが》うんだよなぁ。

違和感《いわかん》から足を止めた私は、ふしぎそうにこちらを振《ふ》り向き立ち止まったルース様にそっと尋《たず》ねる。

「ねえルース、この街は比較的治安がいいということよね？」

「そうですね。今日は街の警邏《けいら》の人員を増やしておりますし、邪魔《じゃま》にならない距離でですが、うちの騎士《きし》も同行させています。エマニュエルが一人で歩いても、特に問題はないかと思いますよ」

「うんうん、そうよねぇ。しかも私ってばほら、優秀《ゆうしゅう》な魔法使いじゃない？　悪意あるモノが入り込めない結界を張る魔法を、最近使えるようになったのよ。しかも、これを私とルースの周囲に常に展開させていても、特に疲《つか》れることとかないのよね」

「なるほど、素晴らしい。それであれば、万全《ばんぜん》といえるでしょうね」

実に嬉しそうにルース様はうなずいたが、そういうことじゃないんだよなぁ。

「うん、だからね、私の斜《なな》め前横、いわば護衛のポジションに、あなたがいる必要性はないと思うんだけど……」

これで察してくれないものか。

そう願いながらそっと告げてみたところ、ルース様はぱっと明るい笑顔に変わった。

「かしこまりました！　私は騎士たちと合流して、遠方からの護衛に切り替《か》えさせていただきますね！」

「ちっがうんだよなぁ！　もう、なんでそうなるかなぁ!?　エスコートしてくれるのでもいいし手をつなぐのでもいいし、なんならほらあそこのカップルのように腕《うで》を絡《から》めるのでもいいから、もっと私の近く、私の隣《となり》に来て欲しいって話よ！」

どうして逆に距離をとろうとするのか。

そんな苛立ちまぎれに私が叫《さけ》ぶと、ルース様は「いったいなにを言っているのか心底わからない」とばかりにオロオロしている。やっぱり愛されている自覚が足りない。

「あ、あの、でも、私があまり近づくとエマニュエルの気分を害してしまうのではと……」

「そんなことないから。夫に離《はな》れて歩かれる方が寂《さび》しいわ」

「警護面は……、ああ、万全なんですけど、あのでも、手をつないでなどいたりしますと、そう荷物が持てなくなってしまいますし……」

「そしたら私も持つし、今はお互いになにも持ってないじゃない。ああもう、らちが明かない、えいっ！」

わちゃわちゃと反論を続けようとしているルース様の返事を待たずに、私から距離を詰めて、彼の手に飛びつくように私の手を重ねる。

「……！　あ、あの、……あせ、が、というか、あの、気持ち悪いのでは、と……」

かぁあああと顔を赤くして、ルース様はうつむいた。

一応は夫婦なのに、手をつないだだけでそこまで動揺《どうよう》されると、なんだか私まで恥《は》ずかしい。

頰《ほお》が熱い。改めて言われてしまうと、私の手にも、じわりと滲《にじ》むものがある。

「いえ、あの、手汗《てあせ》に関してはお互い様だと思う、ので、気にしないことにしましょう。気持ち悪くなんかないし。せっかくのデートだし。まああなたが嫌《いや》なら、放すけど……」

羞恥《しゅうち》を堪《こら》えて率直《そっちょく》な気持ちを言葉にしたら、ルース様はぱっと顔をあげ、ぶんぶんと首を振る。

「嫌だなんて、そんなことありえませんよ！　この上ない光栄で幸福です！　エマニュエルの手は小さくて、すべすべしていて、つないでいてよいとおっしゃるなら、一生放したくないくらいです……！」

私への愛情表現に関しては素直《すなお》なんだよなぁ！　恥ずかしくなるくらい！　そこまで言わなくてよろしい！

いやまあ私も、想像していたよりもがっしりとしたルース様の手の感触《かんしょく》は、手放しがたいものがあるけれども。

でもそれを恥ずかし気もなく言葉にできるかというと、また別の問題なわけでさ⁉

「……けれど、こんな幸福を一度味わってしまうと後がおそろしく、なにより、あなたを不快にさせたくは……」

私が密《ひそ》かに悶《もだ》えている間にルース様はしゅんと潮たれて、なんだか弱気な発言をした。

私はきゅっと彼の手を握《にぎ》りなおして、歩き出す。

「不快だったら、私からつなぐわけがないでしょう。いいじゃないの。一生手放さなければ。後がおそろしいと言われたって、私はこの先ずっと、あなたといっしょにいるつもりなのよ」

「……護衛は不要ということですし荷物持ちとしても役に立ちそうにないので、せめて、財布《さいふ》として精いっぱいがんばらせていただきます」

まだ言うか！

思わずキッと睨《にら》み上げた視線の先、隣を歩くルース様の瞳《ひとみ》は、私まで胸が苦しくなるほど切なげで。

「だから……、どうか、私のことを、捨てないでくださいね」

強く握り返された手の熱と、ルース様のあまりに真剣《しんけん》な懇願《こんがん》に、私は思わず、反射的にうなずいてしまったのだった。

まあ彼がどういう心づもりだとしても、とにかく私の隣にい続けてくれるのならば、とりあえずよしとしておくか……。

そんなのんきなことを考えていた私は今、目の前に次々と並べられる宝石の輝《かがや》きに、目まいを起こしかけている。

街を歩き始め、まずはとルース様が案内してくれたのは、大通りの中でもひときわ立派な店構えの宝飾品店《ほうしょくひんてん》だった。

ルース様は、街歩き用のラフな服装では踏《ふ》み入ることが躊躇《ためら》われるほど磨《みが》き抜《ぬ》かれた店内を堂々と迷いなく進み、彼にエスコートされるままだった私を奥の個室のソファへと座らせた。

そのまま護衛の位置、すなわちソファの斜め後ろに立とうとした彼を、何とか私の隣に座らせることには成功したものの、若干距離《じゃっかんきょり》がある。そんなにソファのぎりぎりに座らなくてもいいだろうに。

少し寂《さび》しいような、いやでもたぶんこれ対面にお店の人が来るのだろうから距離を詰《つ》めるのは恥ずかしいかなとか、葛藤《かっとう》しているうちに。

たぶん、事前に話が通してあったのだろう。

すぐに店主だという品のいい老婦人が出てきたし、その方が直々に私たちの接客をしてくれている。

「エマニュエルは何色でも似合いますから、質のいいものをすべて見せてください」

そんなルース様の言葉に、ルース様の母が出奔《しゅっぽん》して以来すっかり縁遠《えんどお》くなってしまっていたという店主さんの目がぎらりと光ったような気がしたのは、一〇分ほど前だっただろうか。

あれよあれよと王都でもめったに見ないほど素晴らしいジュエリーが次々に私たちの前へと並べられ、その輝きと店主さんのセールストークに圧倒《あっとう》されているうちに今、というわけだ。

サントリナ辺境伯《はく》領内にはいくつもの宝石鉱山があるが故《ゆえ》か、この辺境の地でここまでのグレードの物を手にできる女性はそういないために温存されていたのか。

前世の感覚だと博物館の特別展でお見掛《みか》けするような品々が、ずらりと並んでいる。

ああ、目まいがするような光景だ。けれど、目まいを起こしている場合ではない。

ルース様が、『ここからここまで全部』みたいな買い方をしそうな勢いで、そんなとんでもない代物《しろもの》をどれもこれも私に似合うとのたまっているのだから。

ご機嫌《きげん》なのはかわいいけれど、やめてほしい。

辺境伯家の財力を疑うわけではないが、さすがにこわい。私の根は小市民なのだ。

絶対に止める。こんなとんでもない物をそうぽんぽんと買われてたまるか。

実際、困るのだ。宝飾品類を着けていかねばならないようなイベントなど元々あまり参加したくないし、今後は参加を避《さ》けるつもりなのだから。

そんなわけで。

「申し訳ないのだけれども、店主さん一度おやめになって。そして、ルースは冷静になって。私の体はひとつだけなのだから、そんなにたくさんの宝石はいらないわ」

意を決した私がそう言って止めると、けっこう盛り上がっていたルース様と店主さんは、揃《そろ》ってきょとんとした表情で首を傾《かし》げた。

「すべてあなたに似合うと思ったのですが……、お気に召《め》しませんでしたか？」

すべてか－……。いや似合わないものもあっただろうし、まさかすべて似合うからと買うつもりだったのかと思うとおそろしいし。どこからツッコむべきか。

ルース様の言葉に覚えた頭痛を堪えながら、私はどうにか彼を止めようと試みる。

「お気に召さない以前の問題というか……。前にも言ったでしょう。私、そんな物をしていくような集まりに行きたいとは思っていないのよ」

「ええ、あなたをこの辺境の地に追いやった愚《おろ》かなクソどもに、これらで飾《かざ》ったあなたを見せてやる必要などありませんよ。ただ私が、美しいあなたにふさわしい美しい物を贈《おく》りたいだけですから」

愚かなクソどもって。なんて爽《さわ》やかな笑顔《えがお》で、なんて過激なことを言うんだ。

「ううん、ルースはたまに、というか、私以外に対してはけっこう口が悪いときがあるわよね……。じゃなくて、理由もなくこんな物を贈られるのは申し訳ないから……」

「エマニュエルはただその存在だけで、全財産を貢《みつ》ぐに足る素晴らしさだと思いますが……？　ああ、もし気に入らなければ、売り払《はら》っていただいてかまいませんよ。宝石類なら、売る時もそう価値が下がらないですし」

「どんな悪女だ！　私は、いったいどんな悪女なんだ！」

ダメだ。店主さんの手前最低限必要だろう猫《ねこ》かぶりすらも放棄《ほうき》して、私は腹の底から叫《さけ》んでしまった。

いやだって。ルース様がえらくいい笑顔のままでわけのわからない理屈《りくつ》をこねて、どうにか貢ごうとしてくるから。あげく、売り払ってお金にすればいいだなんて。なんのマネーロンダリングだ。ちょっと違《ちが》うか。

とにかく、そう、宝石類を山と貢がれることも、（おそらく）心のこもった贈り物を売り払うことも、とんだ悪女の所業だ。

私は悪役令嬢《れいじょう》だったのかもしれないけれどその役目はもう終えたのだろうし、これからは悪女ではなく良妻を目指したい所存なわけで。

先ほどの私の叫びに面食《めんく》らっているルース様をキッと見上げながら、私は訴《うった》える。

「ただでさえ、私には女神《めがみ》のいとし子ディルナちゃんとの一件があるというのに。これ以上悪女っぽいふるまいをしたくはないの。だから、派手な散財はやめておきましょう？　というか、勘弁《かんべん》して欲しいのよ……！」

もはや若干涙目《なみだめ》の私に困ったような表情になったルース様は、まだしぶしぶといった様子ではあったものの、なんとかうなずいてくれた。

「わかりました。エマニュエルの意に沿わないことはしません。女神のいとし子と神殿《しんでん》とその信徒どもを消せばと思わないでもないですが、あなたは平和を愛する方ですから。今日のところは、引き下がりましょう。……世間の噂《うわさ》がもう少し静かになった頃《ころ》であれば、受け取っていただけるのですよね？」

どれだけ私に貢ぎたいのか。

諦《あきら》め悪くそう言ったルース様は、まだジュエリーに未練がある様子でちらちらと机上《きじょう》を見ている。

いや、愛する夫からの愛のこもったプレゼントが、嬉《うれ》しくないわけはないのだけれど。

ただ、ちょっと加減して欲しいだけで。

「う、うーん……。無理のない範囲《はんい》で、なにかの記念の折に一つずつ、とか、なら……？

ありがたく受け取る、と、思うわ」

「ありがとうございます！」

パアアと喜色満面に変わったルース様にお礼を言われ、首をひねる。

いや、なにかがおかしいような……？

「そういうことでしたら、本日は結婚《けっこん》の記念の品などはいかがでしょう？　指輪や腕輪《うでわ》、あるいは小ぶりなペンダント等、日頃から身に着けられる物を贈り合う方が多いですよ」

私の疑問に割って入ってくるように店主さんが声をかけてきて、ぱっと疑問が霧散《むさん》した。

結婚指輪とか、婚約指輪！　それはテンション上がる！　欲しい！

「いいわね！　そう、結婚の記念なら、私からもルースになにか贈りたいわ。なにか対《つい》になるような物を見せてくれるかしら？　ああでも、ルースにとっては、指輪なんかは邪魔《じゃま》になってしまうのかしら……」

彼は剣《けん》を扱《あつか》う人だ。シンプルな石のないリングくらいなら邪魔にならないだろうけど、私もおそろいで身に着けるとしたら、彼がそれで納得《なっとく》してくれる気がしない。

「そう、ですね。手や指に着ける物より、首から下げる物の方がありがたいです。まずなくさないでしょうし、いざとなれば、服の下でも鎧《よろい》の下でもしまい込めるので」

私とルース様の要望をふんふんとうなずきながら聞いた店主さんは、部屋の隅《すみ》に控《ひか》えていた店員さんにハンドサインと小さな声でなにか指示を出してから、私たちに輝《かがや》く笑顔を向ける。

「それでしたら、対とするのは、色にしてはいかがでしょうか？　奥様の黒と、辺境伯様の銀。互《たが》いの色を、互いに贈り合うのです。離《はな》れていても、いつでも互いのことを思えるようにと。海で仕事をする者の多い西方の風習ですけれど、最近はこの辺りでも流行《はや》っておりますよ」

「それいいわ。それでいきましょう。さすが店主さんね、ステキな提案だわ」

初めて聞くが、実にトキメキを覚える風習だ。さすがカラフル髪色《かみいろ》世界。

なにより、店主さんがルース様のことを王都の輩《やから》のようにくすんだ灰色などと言わず、銀色と評価してくれたところも素晴《すば》らしい。

店主さんの提案に全力同意した私に、彼女は満足そうにうなずいてくれた。

「え、いえ、しかし、私は銀というか色なしですし……」

ところがルース様は微妙《びみよう》にコンプレックスを刺激《しげき》されたらしく、ひどくつらそうな表情で、おずおずとそう訴えた。

「辺境伯様、ダイヤモンドは、無色に近くくすみのない物ほど、価値があるのですよ。奥様の美をより一層輝かせるにふさわしい逸品《いっぴん》が、当店にはございます」

自信に満ちた声でそう言いながら店主さんが店員さんから受け取って出してくれたのは、日常使いにするには石が大きすぎる気がするものの、キラキラとダイヤモンドの輝く、プラチナのリングだった。

……乙女《おとめ》ゲームっぽい世界で良かった！　魔法のおかげかなんだか知らないけど、都合よく色々なことが発展しているこの世界、カットも洗練されているしプラチナも当たり前に使われているのだ。

前世の私がひそかに憧《あこが》れていたエンゲージリングそのものの姿に、うっとりとしてしまう。まさに遠い憧れのラインにあった、芸能人なんかの手で輝いていそうなサイズの石だから、自分の物にと望むには、ちょっとひるむけれど。でもとにかく。

「……ステキ」

「それを買いましょう」

私が思わずため息交じりにそう呟《つぶや》いたのと、ルース様が値段も聞かないままにそう申し出たのは、ほぼ同時だった。

「えっ、えっ、い、いいのかしら？　たぶんこれ、お高いわよ？」

もうちょっとランクを落としてもいいのだけれども。

石の大きさと輝きにひるみながら私が訊《き》くと、ルース様はゆるく苦笑《くしょう》しながら、うなずいてくれた。

「これが初めて、この店であなたの笑顔を引き出してくれましたから。いくらだろうと買いますよ。贈《おく》らせてください。正直これ以外は、それほど興味のなさそうな様子だったと言いましょうか……。私は色のない石なんてつまらないと思うんですが、エマニュエルが気に入っているのならば、それがなによりですから」

「まあ辺境伯《はく》様、ダイヤモンドがつまらないわけがないでしょう。永遠や不変を象徴《しょうちょう》するもので、これほど結婚の記念にふさわしい石などございません。プラチナも腐食《ふしょく》しづらい素晴らしい素材で、このリングはまさに永遠の愛の証《あかし》と言えるでしょう！」

「そうよルース。なによりこれは、あなたの色であなたの輝きだと、私は思ったの。だから私は、この店のどの品よりもステキだと感じたのよ？　それともあなたは、永遠の愛の証を贈るつもりなんてないと言うの？」

「え、あの、え……、きょ、恐縮《きょうしゅく》、です。私がそれほどのものとは思いませんが、ええ、でも、エマニュエルへの思いだけは、誰《だれ》にも永劫《えいごう》負けないつもり、です……」

店主さんと私に畳《たた》みかけられたルース様は、なんだかごにょごにょと照れた様子ではあったものの、なんとかうなずいてくれた。

そう、色のない石ダイヤモンドがつまらないわけなどないし、ルース様だって、このリングのように輝く魅力《みりょく》的な人なのだ。

少しずつでいいから、自分でもそう思って欲しい。

「では、奥様にはこちらを、ということで。ささ辺境伯様、手ずから奥様の指にはめてさしあげてくださいませ」

店主さんがそうまとめて、指輪をずいと台座ごとこちらに押しやった。

「え、あ、……私が？　エマニュエルの手に？　直接触《ふ》れて？」

「結婚の祝いの品であれば、当然かと。さて、続いて黒の品をご用意いたしますので、少し下がらせていただきます」

戸惑《とまど》いをあらわにしたルース様にあっさりとそう言うと、店主さんはぺこりと一礼した後にすっと立ち上がり、私たちの前から去って行った。

さすが、できる商売人さんだ。

先ほどのように他《ほか》の店員さんに用意させてもいいところをわざわざ立ち上がったのは、おそらく指輪をはめるというイベントを邪魔しないようにだろう。

店主さんにこっそり感謝の念を送ってから、私はさっと左手を差し出し、にこりと笑顔《えがお》でルース様に圧をかけた。

「……っ、ああ、そう、そうですよね。私がお金を出すのですから、エマニュエルに差し出す権利が？　いやでも、その手に触れるのは、さすがに図々《ずうずう》しいような……」

「ここまで手をつないで来たのに、まだそんなことを言うの？　その指輪は、私にくれるのではなかったのかしら……」

「もちろんあなたのものですよ！　ええ、なんだって捧《ささ》げましょうとも！」

罪悪感をくすぐるようにしょぼんと眉《まゆ》を下げてみたら、なんだか葛藤《かっとう》していたルース様はすかさずそう言って、リングを手に取った。

「あの、ええと、でもやっぱり緊張《きんちょう》します。サイズ合いますかね……。ああ、合わなければ直せばいいのか。あの、では、失礼して……」

ただ、手に触れ指輪をはめる。それだけのことでなぜそこまでと言うほどに顔を真っ赤にして動揺《どうよう》を見せるルース様は、震《ふる》える指で私の手を取り、しばらくどの指に合うかと悩《なや》んだのかリングをうろうろさせ、そしてやがて、私の左手の薬指に、それを通す。

「……ピッタリね。嬉《うれ》しい。ずっとずっと大切にするわ。ありがとうルース！」

奇跡《きせき》的にか、店主さんの間違《まちが》いのない目利《めき》きのおかげか、リングは私の左手の薬指に、ぴたりと収まった。

自分の指にあるとやはり石が大きすぎる気はするが、もうこれは運命ということで。

にまにまと笑いながら左手を色々な角度に掲《かか》げて私がダイヤモンドの輝きを堪能《たんのう》していると、ふっと柔《やわ》らかい笑いが、すぐ近くで起きる。

「そんなに喜んでいただけて、私も嬉しいです。……色はなくとも、あなたにふさわしい輝きですね」

「ええそうよ。あなたもそうなの」

「いえ、私は……」

なにやら謙遜《けんそん》をしようとしたルース様を重ねて褒《ほ》め殺してやろうとしたその時、ちょうど店主さんが戻《もど》って来て、私たちの前に新たな宝石を差し出した。

「おや、今度のものは、とても美しいですね。まるでエマニュエルのようです」

「えっ、いやっ、そ、そんなことはないんじゃないかしらぁ？」

ほう、とため息交じりに呟いたルース様の視線の先には、宇宙のような深海のような、青に緑に、少しだけれどくっきりとした赤に、複雑な種々の光の輝きを内に閉じ込めた、美しい黒の宝石があった。いや本当に美しい。これが私のようだなんて、認めるわけにはいかないくらいに。

私は上ずった声で否定したのだが、ルース様は私の反論など意に介《かい》していないように、うっとりとその石を眺《なが》めている。

その様に、店主さんは満足そうにうなずいた。

「こちら、ブラックオパールのブローチなのですが、裏の細工を少し加工してループタイにしてもよろしいかと。大変に美しい石ですのであえてフレームはシンプルなものにしてありますから、男性が身に着けても不自然ではないと思います」

「ええ、エマニュエルの様々な魅力を象徴するような、いい石ですね」

すかさず同意を示したルース様に、店主さんは笑みを深める。

「はい、ただの黒ではなく奥様の輝《かがや》きを象徴するにふさわしい品かと存じます。この大きさで、しかも地色に曇《くも》りがなく、ここまで見事に色の変化がおどっている物は、私どもでもそうは見ません」

「買いましょう。請求《せいきゅう》は先ほどの指輪とまとめて、私に」

「待ってルース、なんであなたが買う流れになっているのよ！　あなたが気に入ったのなら、それは私が買うわ！」

迷いなく言い切ったルース様を、私はあわてて遮《さえぎ》った。

「なんでって、私はエマニュエルの財布《さいふ》ですから……？」

くっ！　やはりしっかりと否定しておくべきだった……！

先ほど流してしまった財布宣言を持ち出し結婚《けっこん》の記念品を自分で買おうとしているルース様に、私は頭を抱《かか》える。

「辺境伯様、奥様に負担をかけたくないお気持ちはわかりますが、やはり記念の品でございますから。形式を守ることも重要です。自分で買ったのではなく奥様から贈られた方が、より意義があるのではないでしょうか？」

「エマニュエルから贈られてしまうと、ありがたすぎて恐《おそ》れ多くて身に着けることも外に持ち出すこともできない気がしまして……」

店主さんのアドバイスにも、ルース様はネガティブ全開のままだった。

「いえ、私が買うわよ。意地でも買うわ。……これを私と思ってというのは、なんか自意識過剰《かじょう》っぽくて嫌《いや》なんだけれども。でも、私のことを思って持っていて欲しいから、私に買わせて欲しいの。それで、ちゃんといつでも身に着けておいてちょうだい」

私が唇《くちびる》を尖《とが》らせながらそう言うと、ルース様は困ったように眉を下げ、店主さんはほほえましいものを見る様に私たちを見つめた。

「まあまあ辺境伯様、奥様のお気持ちです。素直《すなお》に受け取っておきましょう。新婚のうちに、しかもこんなめでたいことで揉《も》めたら、つまらないじゃありませんか」

店主さん、ナイスアシスト！

私は彼女の言葉にうんうんと笑顔でうなずいた。のだけれども。

「美しい奥様の気を引くため貢《みつ》ぎに貢ぎたいというお気持ちは、次回以降にとっておいてくだされば。私どもも協力させていただきます。それまでに、より良い品を取り揃《そろ》えておきましょう」

にこりと笑顔で続けられた言葉には、うなずくわけにはいかなかった。

ルース様は、ようやく見出《みいだ》した希望を見る目で、店主さんを見ていたのだけれども。

いやでも、実際今回は一つずつ贈り合うで納得《なっとく》してもらったのだし、次回もがんばって止めればいいだけ、かな……？　まあ、このお店にはもううっかり足を踏《ふ》み入れないようにしようかな……。

徹頭徹尾《てっとうてつび》仕事のできる商売人だった店主さんに感謝と畏怖《いふ》の念を抱《いだ》きながら、私たちは店を後にした。

さっそくループタイに加工してもらったブラックオパールと、ダイヤモンド。互《たが》いに贈った互いの色を身に着け、しっかりと手をつなぎなおしてから。

その後しばらく、私とルース様は特にこれという目的は決めずに、気ままにあちこちの色々な店を冷やかしてまわった。

本当に色々、メインストリートにある少し格式の高いブティックから市場の屋台から裏通りのちょぴっとあやしげな店まで。

いやちょびっとあやしげなのは店構えだけで、ルース様の案内で行ったそこは、古くからある魔法《まほう》用品店で店内は見ごたえしかなかったんだけど。

そんな、実に多種多様だった行った先々の店々で。

「領主様、そちらが若奥様ですか？　まあまあなんて綺麗《きれい》な方でしょう！　ご結婚おめでとうございます！」

「いやー、奥様は若いのに見る目がありますな。見てくれなんぞに騙《だま》されず、よくぞ我らがルース様の素晴らしさを見抜《みぬ》いてくださった！」

「なんとまあ、睦《むつ》まじいご様子で……。私どもまで嬉しくなっちまいますねぇ」

「強くて公平で善良で有能な、わしら自慢《じまん》の領主様は、どうも女にだきゃあ恵《めぐ》まれてこなかったみてぇでやきもきしてたんですが……。こんなにいい女と結婚できたんなら、今までの全部報《むく》われたってもんでしょうな」

「ルース様、結婚できて、ましてこんな美しい人で、なにより、なによりすっごくしあわせそうで……、よか、よかっだでずねぇえぇ」

ルース様を慕《した》う領民の皆《みな》さんが、いかにも仲睦まじく寄り添《そ》う私たちを見ては、やたらに喜んでくれた。

涙《なみだ》と鼻水でずびっずびになるほど感動してくれたらしい人までいて、一瞬《いっしゅん》、すわ実はルース様を密《ひそ》かに狙《ねら》っていた恋《こい》のライバルの悔《くや》し涙かと焦《あせ》ったほどに。ひたすら喜んでいたから違うとは思うけど。たぶん。

お祝いだとあれこれサービスまでされてしまい、いかにルース様がこの地の人々に慕われているかと、それほどまでにこの方の結婚は絶望的だと思われていたらしいことがよくわかってしまった。

いや、ここまで慕う、間違《まちが》いなく良《い》い領主と思っているだろうこんなにステキな人が、いかにこの世界的に不利な容姿だからと言っても、そこまで結婚には恵まれないだろうと思われていたって……。二八歳まで婚約者すらいないというのは確かに貴族としては遅《おそ》い方だけど、男性だし結婚自体はこのくらいでも不思議はないんだけどなぁ。

なんだか微妙《びみょう》にもやもやとした気分になる。

まあ、ルース様があまりにいい領主なだけに、みんながそのしあわせを願って待ちに待っていたってことだろう。そう思っておく。

「……そういえば、誰一人《だれひとり》として、私を【いとし子様を迫害《はくがい》した悪女】と罵《ののし》ってきたりしなかったわねぇ」

再びメインストリートに戻って歩きながら、ふと気づいたその事実が自然と声になって私の口から漏《も》れて出た。

ルース様はふむ、とひとつうなずくと、ふわりと微笑《ほほえ》んで口を開く。

「噂《うわさ》なんてものに左右されようがないほど、実際のあなたが素晴らしい方ですからね。この街の人間はうちの使用人とも交流がありますし、きちんとあなたの実態が伝わっていたということでしょう。それに元々、うちの領は守護竜《りゅう》とやらの加護があまり及《およ》んでいないので、愛の女神《めがみ》やらその神殿《しんでん》への信仰《しんこう》は希薄《きはく》なんですよ」

「ああー、ルースがちょいちょい神殿に対して物騒《ぶっそう》なことを言い出す理由が、今ちょっとだけわかった気がするわ……」

「いえ、私はあなたのためなら、なんだろうと、たとえ世界のすべてだって敵に回してもかまいませんが」

愛が一々重い。

一転真顔で断言したルース様に、私もスンと無表情になってしまった。

そこまで私のことが好きなら、私の言う『あなたを愛している』も無条件で信じてくれないかな……。なにせ私が言ってるんだからさぁ。

「……なんだか疲《つか》れたわ」

「ああ、かなり歩きましたからね。この近くだと……、ああ、ちょうどそこのカフェは、特に若い女性にとても人気のある店だと聞いたことがありますよ。あちらに入って休みますか？」

疲れたのは精神的になんだけれども。

ただ、すかさずルース様が示してくれた先のカフェは、確かにかわいらしい雰囲気《ふんいき》のお店で、オープンテラス部分では若いお嬢《じょう》さん方が色とりどりのケーキをつついている。

「……あーんとか、デートの定番よね」

思わずぽつりと呟《つぶや》いたら、ルース様はこてんと首を傾《かし》げた。

「あーん……？　それは、どういう……」

「よし行きましょう。すぐ行きましょう」

こういうときに余計なことは言わないに限る。

あーん＝食べさせ合いがしたいなんぞと言ってしまえば、ルース様はきっと恥《は》ずかしがって絶対について来てくれないだろう。

「いえ、私は店外で待ってます。私のような醜《みにく》い人間があいった華《はな》やかな場に立ち入るのは他《ほか》の客にも迷惑《めいわく》ですので……」

なんと。あーんの正体がバレるまでもなく拒否《きょひ》された。

私がぐいぐいと手を引いているのに、ただ特に力を入れずにそこに立っているだけに見えるルース様は、びくとも動かない。

「醜くなんてないし、仮にそうでもみんなケーキに夢中で隣《となり》の席の人間がどんな誰かなんて見てないわ。大丈夫《だいじょうぶ》よ」

「店員は見ますよ。入店を拒否されるかもしれません」

「この街でそんなことはありえないでしょう。……じゃあ、あれよ。毒見をしてちょうだい。ほら、誰が作ったかわからない菓子《かし》を私が食べるのよ？」

「確かに毒見役が必要ですね。かしこまりました。その役目、謹《つつし》んでお受けいたします」

一々愛が重い。

ものすごい上からのワガママを言ってみたら、即座《そくざ》に引き受けられてしまった。

ルース様の中の私は、いったいなんなんだろうなぁ……。

まあ、推定悪役令嬢の私は毒も呪《のろ》いも使いこなす方の人間だから、そういうのほとんど効かない上ににおいだけで発見余裕《よゆう》だから、実際にルース様に危険は一切《いっさい》ないんだけども。

いやでも、ルース様はその事実を知らないはずなのに迷いなく引き受けないで欲しい。

辺境伯《はく》、体大事にしなよ……。


おそらく人目を気にしてそわそわしているルース様に配慮《はいりょ》してだろう、私たちはカフェ店内の奥、近くに設置されたパーティションのおかげで周囲からは見えにくくなっている二人掛《が》けのソファ席に案内された。

当然のごとく私を一人そこに座らせて自分は傍《かたわ》らに立って待機しようとしたルース様を強引《ごういん》に隣に座らせ、逃《に》がすものかよとがっちり手をつないだまま彼の肩《かた》に頭を寄りかからせるなどして動きを封《ふう》じる。

私を振《ふ》り払《はら》うことなどできない優《やさ》しい彼は、やがて頼《たの》んだお茶とケーキが来るまでガッチガチに硬直《こうちょく》したままだった。

「次に逃げようとしたら、私はあなたの膝《ひざ》の上に座るから」

ニコッと笑顔《えがお》で圧をかけてから、ここまでずっとつなぎっぱなしで来ていた手を放す。

一生手放したくはないけども、実際そのままじゃケーキは食べられないからね。

「う、あ、……それは、さすがに勘弁《かんべん》して欲しいですね……」

案の定逃げようとしていたらしい、一瞬だけソファから腰《こし》を上げかけたルース様はぼそぼそとそう言うと、そっとソファに再び座り直した。

おや、座り直した位置が先ほどより少し私と距離《きより》が空いているな。

「あら、お膝の上がお望みのようね？」

更《さら》に笑顔で圧をかけてみたら、ルース様はぶんぶんと、もはや速すぎてガタガタと震《ふる》えているかのように首を振る。

「やめてください！　幸福だってエマニュエルだって、過剰摂取《かじょうせっしゅ》したら死ぬに決まってます！　今だって、こんなに、……こんなに心臓が、うるさいのに……」

うう、と呻《うめ》きながら、それでもルース様はぴたりと私に寄り添う位置に戻《もど》ってきてくれた。そこまで膝だっこが嫌《いや》か。

まあ、ここは自分たちの屋敷《やしき》じゃなくてお店の中だからな。節度、つつしみ、ＴＰＯ、大事。膝だっこは次の機会ということで。

気を取り直し、私は私たちの前の机に置かれた、私の頼んだベリータルトとルース様が頼んだチーズケーキに視線を移す。

うん、どっちもおいしそうだし、添《そ》えられた紅茶や食器類含《ふく》め変なにおいも嫌な感じも一切しないな。これは安全。

「ふふ、それじゃあさっそく毒見をしてくれるかしら？」

「かしこま……、……？」

さくりとタルトをフォークで一口切り分けて彼の口の前に持っていくと、ルース様はふしぎそうに首を傾げた。

まだわかってなかったか。

「はいルース、あーん」

私がそう言ってにこりと笑うと、一瞬《いっしゅん》でルース様の顔が驚《おどろ》くくらい真っ赤に染まる。ようやく【あーん】がどういうことかわかったらしい。

「いえあの、自分、自分のフォークで食べますので……！」

そう言いながらじり、と座ったまま後ずさった彼に、私はにやーと笑みを深める。

おー？　あんまり逃げると膝だっこだぞー？

「あらダメよ。これは毒見なんでしょう？　もしかしたらフォークに毒が塗《ぬ》られてるかもしれないわ。だからね、ほら、あーん」

後ずさられた分だけ距離をぐっと詰めてそう言ったのに、諦《あきら》めの悪いルース様はじりじりと後ずさりながら、なおも食い下がる。

「あの、でしたらフォークごと私に渡《わた》していただければよろしいかと……！」

「あら、それはいやよ」

「い、いや、ですか」

きっぱりと言い切ると、ルース様は面食《めんく》らったようにそう言って、ようやく後ずさりをやめた。

あ、というか、もうルース様の逃げるスペースがないのか。そう広いソファでもないしな。

「ええ、いやよ。私はルースにあーんしたいしてもらいたいんだもの」

私が更にきっぱりとワガママに言い切ると、ルース様の眉《まゆ》が、いかにも困ったとばかりにへにゃりと下がった。

「あの、エマニュエルの希望であればなんだって叶《かな》えたいつもりはあります。ですが、さすがにこれは、その……」

「……ルースは私にあーんされるのが、いやなの？」

「そんなわけないです！　しあわせすぎてこわいだけで！」

悲しそうにトーンを下げて尋《たず》ねれば、即座に否定の言葉が返ってきた。

押して駄目《だめ》なら引いてみろとはいえ、チョロ過ぎでは？

我が夫のあまりのチョロさに若干《じゃっかん》心配にはなったものの、まあいい。言質《げんち》はとった。

「よかった！　じゃあほら、あーん」

再度笑顔で圧をかけると、物理的にも精神的にももう逃げ場のないルース様は視線をさまよわせ、けれどとうとう観念したかのように、おずおずと口を開いた。

「う、あ、……あー……んっ」

ぱくり、と彼がケーキに食いついたのを確認《かくにん》してそっとフォークを引き抜《ぬ》き、もぐもぐと口を動かすのを見つめる。かわいいなぁ。

やがてごくり、とその喉《のど》が動いたのを見届けてから、尋ねる。

「ふふ、おいしかった？」

「わから、ない、です。味とか。緊張《きんちょう》し過ぎて。しあわせの供給過多で、なにがなにやらで、……なんていうかもう、これはいったいいくら払えばいいんでしょうね……？」

「そんなの、等価交換《こうかん》に決まってるでしょう？」

私が首を傾げると、ルース様はふむ、とひとつうなずいた。

「ということは、今の我が家の全財産でも足りないですね……。竜狩《りゅうが》りにでも行けば多少増えますが、多少増やしたところで到底《とうてい》……」

真顔で何を言っているんだこいつは。

難しい表情で考え込み始めた彼に頭痛を覚えながら、私はゆっくりと言い含めていく。

「なんでそうなるのかしら……？　等価、なんだから、ルースも私に同じことをしてくれたらそれでいいのよ？　つまり、今度はルースが私に、あーんをしてちょうだい」

そう言って彼が先ほどあれほどまでに望んでいたフォークを、そっと彼の手に握《にぎ》らせた。

「!?　あの、でもこれは、私が一度口をつけていますし……！」

「毒見ならそれでいいんじゃないのかしら？」

「ダメです無理です。私の女神《めがみ》が汚《けが》れてしまう……！」

フォークを皿に置きぶんぶんと首を振る彼の表情には、間接キスが恥《は》ずかしいとかを通り越《こ》し、もはや恐怖《きょうふ》の色すら見える。

うーん、私だって内心間接キスはドキドキなんだけど、あまりにルース様がうろたえるから私が逆に冷静になってかつぐいぐいいかざるを得なくなって、結果小悪魔《こあくま》っぽくふるまってしまうんだなぁ……。それで、更にルース様が追い詰められる、と。

どうしたものか。

「……ううう、もういやだ死のう……。私なんかが図々《ずうずう》しくもエマニュエルの夫の栄誉《えいよ》に浴していているせいで、私の女神が汚れてしまう……」

「待って待って待って！　なんでそうなっちゃうのかしら!?」

ちょっと悩《なや》んでいる間にとんでもないことを言い出したルース様を、必死に止める。

「いや、その、夫婦《ふうふ》たるもの、関係が良好であった方が望ましい。そのためにエマニュエルがこうして努力してくださっているのではと。そこまでさせてしまっていることに対する罪悪感で死にたくなりまして……」

「え、べつに義務感とかじゃなくて、私はただ楽しいからこうしているだけなんだけれども」

しょぼ、とうなだれた彼に、私は率直《そっちょく》な事実を告げた。

意地が悪いともとられかねない私の発言を聞いた彼は、そろ、と視線をあげて、首を傾《かし》げる。

「楽しい、ですか。……エマニュエルは、もしや、大変に変わった趣味《しゅみ》をしておられます、ね？」

尋ねる、というか、もはやただの確認だった。

ルース様が考えているであろう『ブサイクをここまでしてからかうのが楽しいだなんて、悪趣味』ではなく、『この世界の趣味と感性がズレているためルース様のことをブサイクとは思っていないし大好きなので、彼とイチャイチャするのが楽しい』なのだが、いずれにせよ、この世界において確かに私は異端者《いたんしゃ》なのである。

だから私はしっかりとうなずき、堂々と認める。

「リリーリリアでもいいしサントリナ辺境伯《はく》家の使用人の方々でもいいから、とにかく日々私と接している誰《だれ》かに訊《き》いてもらえばわかるけど、私ってとっても変わっているらしいわ」

「そうですか……。それは、とても、よかったです……？」

よかったと言いながら首を傾げているルース様に、若干焦《あせ》る。

ヤバイ、幻滅《げんめつ》されたかな？

「……エマニュエルといっしょにいると、ふとした瞬間《しゅんかん》に、自分の醜《みにく》い姿を忘れてしまいそうになります」

「忘れていいのよ！　色とか姿とか、実際どうだっていいじゃない!?」

ぽつりと呟《つぶや》かれた言葉に、思わずちっちゃくガッツポーズまでして即座《そくざ》に食いついてしまったのは、仕方のないことだと思う。

だって実際、姿かたちのことなんて、忘れた方がいい。ルース様は、それ以外は努力でもって完璧《かんぺき》を保っている自覚があるはずなので。そうしたら私の愛も信じられるはず。もっとうぬぼれて欲しい。

もしかしたらこれは、イケるんじゃないのか。

今度こそ、両想《りょうおも》いだって認めてもらえるんじゃないか。

そんな期待に、心臓がドキドキしてきた。ここで失敗するわけにはいかないという緊張で、指先がこわばる。

気づけば固唾《かたず》を呑《の》んでルース様を見つめていた私に、彼はふっと、ほの暗い笑《え》みを向ける。

「私が私の醜悪《しゅうあく》さを忘れてしまえば、私はあなたを手放せなくなりますよ？　今のこの幸福に固執《こしゅう》して、失われたときには怒《いか》りに染まってしまうでしょう。例えば、あなたが誰かを愛したときには、私は筋違《すじちが》いにもあなたを奪《うば》われたと憤《いきどお》ることになる。そして、あなたの愛を得た奴《やつ》には、いったいなにをしてしまうか……」

なんだかとんでもなく脅《おど》す口調で、実に当たり前のことを言われた。

それのなにが問題なのかわからなかった私は、首を傾げつつ応《こた》える。

「えっと、ぜひ、そうしてちょうだい。手放されても、二人のしあわせを諦《あきら》められても、浮気《うわき》を許容されても困るわ。筋違いなわけないでしょう。私たちは、夫婦なんだから」

「……へ？」

いや、へ？　は、こっちのセリフなんだけどな？

首を傾げっぱなしの私をまじまじと見つめながら、ルース様はおずおずと告げる。

「いえあの、でも、エマニュエルは美しい、じゃないですか」

「？　……ありがとう？」

「どういたしまして。いえそうではなく、エマニュエルは美しいので、なんというか……、選択肢《せんたくし》が多い、でしょう。あなたに惹《ひ》かれる数多《あまた》の存在のうちの一人でしかない私と、私にとっては唯一《ゆいいつ》絶対の女神であり私以外にもそう感じる存在が無数にいるであろうあなたとでは、格が違うというか独占欲《どくせんよく》を抱《いだ》くなどおこがましいというか……」

しどろもどろなルース様の説明を要約すると、美（髪《はつ》）少女の私はモテ過ぎて心配だけど、（たぶん産みの母親のせいで）自分はブサイクだから浮気されても仕方ないと思わなきゃいけないと思っている、ってこと、かな？

「浮気なんてするつもりもないし、夫婦であるからには許さなくていいのよそんなこと。もし万が一浮気されたときには、二度とそんなことできないように、私の頭から油でもかけて髪ごと燃やしたら良《い》いんじゃないかしら」

「なんて物騒《ぶっそう》なことを言うんですか！　相手の男ならまだしも、エマニュエルにそんなことできるわけがないでしょう!!」

わぁ。怒《おこ》られた。たとえでもグロ過ぎたかしら。

いや、相手の男を燃やすのはやぶさかでない、ということは、グロいのが問題ではないのか。

どんなことをしでかしても私に危害は加えられないってこと？　……まあ、確かに、私もたとえ浮気されてもルース様は燃やせないなぁ。

相手の女は……、うーんどうだろ。とりあえずルース様の産みの母とやらは、居場所さえわかれば燃やしてやりたいし、リリーリアの両親にかけたのと同じ呪《のろ》いをかけて、そこまで忌避《きひ》した【醜い存在】に自分がなったらどうするのか見てやりたい気持ちはあるのだけれど……。

……あ。これだ。

これなら命の危険はない。格の違いとやらだけをなくせるはず。

「ルース、あなたを不安にさせるくらいなら、私のこの髪を真っ白にしてもいいわ！　私、そういう呪いが使えるの！」

「いえ、そんなことは絶対になさらないでください。私はエマニュエルには、どこまでもしあわせでいていただきたいので……」

我ながらいいアイデアだと思ったのに、そう返してきたルース様の表情は、わかりやすくドン引いていた。

うーん、いわば前世の感覚でいくと『顔面をとかしおとす』みたいな感じになっちゃうのかな。

「ああ、そっか、私の髪が白くなってしまったら、ルースにまで嫌《きら》われてしまうものね」

ふむ、と納得《なっとく》した私に、ルース様はあきれたようなため息を返す。

「なるわけがないでしょう。最初のきっかけは姿でしたが、今はもう、エマニュエルのすべてが愛《いと》しいのですから。どんな色だって、あなたがあなたである限り、愛おしさは変わらないに決まってます」

「……っ！」

思いがけない熱烈《ねつれつ》な愛の言葉に、頬《ほお》が熱い。

けれど今は、恥《は》ずかしがっている場合じゃない。

ひとつ深呼吸をして、隣《となり》に座るルース様の目をまっすぐ見つめ、想いよ伝われと念じながら、慎重《しんちょう》に言葉を紡《つむ》ぐ。

「わ、私もね、あなたがどんな色だって、好きなの。本当に愛しているの。あなたに私の本気をわかってもらうためなら、この気持ちを信じてもらうためなら、髪ぐらいどうしたってかまわない。あなたの気持ちが変わらないのなら、白くしてしまっても……」

「絶対にやめてください。私ごときのためにあなたが少しでも損なわれたら、私は罪悪感で絶命してしまいます」

マジトーンにマジトーンで割り込まれた。

論点がズレている気がするが、まあ確かに、逆にルース様が私のせいで顔を焼いたら、確かに私も罪悪感で泣き暮らしてそのまま衰弱《すいじゃく》して死ぬかも。

「……わかった。髪は大事にするわ」

私がそう言ってルース様があからさまにほっと息を吐《つ》き油断したそこに、すかさず脅迫《きょうはく》を差し込むことにする。

「でもあなたが私の気持ちを疑い続けるなら、ヤケを起こしてしまうかもしれないわね？信頼《しんらい》には時間が必要とはいえ、何年も何十年も待たされたら、それこそ自然に白髪《しらが》になってしまうでしょうし」

ヒュッと息を呑んだルース様に、私はあえて、にこりと微笑《ほほえ》んでみせた。

妻からそんな脅迫を受けたルース様は、はああと重たいため息を吐くと、今にも泣きそうな表情で、ぼそぼそと告げる。

「……たとえ騙《だま》されようと後から裏切られようと、エマニュエルが今私に望んでくれている言葉を、返したい、返すべきだ、ずっとそう思ってはいるんです。本当はいつだってあなたの言葉に、『私も、愛しています』と返したいです……」

受け入れて、愛を返す言葉。それは確かに、私が望むものだ。いや騙しも裏切りもしないけど。

「けれど、瞬間的にブサイクがおこがましいと思ってしまって、私にこんな幸福なんてありえないと今までの自分が語りかけてきて……、なにも、言えなくなってしまうんです」

……根深い、なぁ。

でも、前向きな言葉を引き出せただけでも、とりあえず確かに一歩進んだと言っていいだろう。

「ありがとう。返したいと言ってくれただけでも、とっても嬉《うれ》しいわ。それにきっと、幸福だって慣れちゃえば、ただの日常になるはずよね。そしたらそのときには、自然に返せるようになるんじゃないかしら」

「そう、でしょうか」

「きっとそうよ。だからほら、もっと幸福……、というか、私に慣れましょう！」

私は空気を切り替《か》えるように殊更《ことさら》テンション高めにそう言って、再度ルース様にフォークを握《にぎ》らせる。

「……まだ、忘れてなかったんですね、【あーん】」

彼は苦笑《くしょう》しながらそう言って、さくりとタルトを一口分、フォークに載《の》せた。

ケーキは二種類とも、とってもおいしかった。

いやその、いざ自分があーんされてみたらドキドキしすぎて味がよくわからなかったから、たぶん、なんだけれども。

第五章　元近衛騎士

「たたたたた、大変！　お、奥様の、エマニュエル様の恋人《こいびと》が、王都からここまでエマニュエル様を追いかけて来たって噂《うわさ》が……！！」

「は？　あの奥様に、恋人？　旦那《だんな》様以外に？　ありえないでしょう。それ、自称《じしょう》恋人の勘違《かんちが》い野郎《やろう》とかじゃないの？」

「……そ、そう、かもしれないわ？　で、でもでもでも、調べたら、エマニュエル様の幼《おさな》馴染《なじみ》で学園でも仲が良かったという方が、近衛騎士の地位を蹴《け》ってまでこんな辺境の地にやってきたってのは確かな事実なのよ！」

「近衛騎士!?　ってことは……、実力だけじゃなくて家柄《いえがら》も容姿も素行もなにもかも優《すぐ》れている超《ちょう》エリートってことよね？　……それが、わざわざここまでやってきたっていうの？」

「そうなの！　調べついでに実物見てきたけどすっごくかっこよかった！　……ど、どうしましょう。奥様が不誠実なことをする方だとは思わないけれど、あんな方にそんなにも情熱的に言い寄られたら、ルース様に勝ち目なんてないじゃない……！」

「……短い春だったわね」

「諦《あきら》めるのが早いわよ！」

「勝ち目がないって言ったのはあなたでしょう」

「そうだけど！　でも嫌《いや》なのよ！　エマニュエル様がいなくなってしまったら、もうこの家はおしまいだもの……！」

「そう、なのよねぇ。ルース様のしあわせは、あの方なしにはありえないわ。かといって、近衛騎士にまでなれる実力者をうっかり殺してくれる魔獣《まじゅう》なんて、心当たりないし……」

「いや発想が物騒《ぶっそう》」

「それ以外にどんな手段があるというの？　そんな完璧《かんぺき》かつ相当な覚悟《かくご》を決めてここまで来たのだろう男とルース様が真っ向から勝負して、勝てる見込みなんて少しもないでしょう。……いやまあ剣《けん》の試合なら負けないでしょうけれど、真剣使用殺し合い上等の決闘《けっとう》なんて、今時受けてくれるわけもないだろうし……」

「ううう――……。なんで、なんでエマニュエル様なのよ……！　どうせ近衛騎士なんてひくほどモテるんだから、テキトーな美女と王都で楽しくやってりゃいいじゃない……！　ルース様には、エマニュエル様しかいないのに……」

「近衛騎士の地位を蹴ってまでここに来るということは、他《ほか》の女になびいたり他の女で忘れられる程度の想《おも》いじゃないってことでしょうね。さすがは奥様」

「奥様の魅力《みりょく》が上限知らずなばっかりに……。……いえでも、奥様は趣味《しゅみ》が悪いのよ。近衛騎士と駆《か》け落ちせずに、サントリナ家に嫁《とつ》いで来てくださったのよ。もう籍《せき》は入っているのよ最近殊更仲睦《ことさらなかむつ》まじいご様子なのよ。それでどうにか、元近衛騎士の誘惑《ゆうわく》をはねのけてくれたり……、しない、かしら……」

「どうかしらねぇ。もう、あの方がこの家に留《とど》まってくださるなら、愛人の一人や二人いてもいいんじゃないの？　ルース様だってその程度は許容するでしょう」

「ダメよ、奥様は浮気《うわき》が大っ嫌《きら》いだもの。『浮気をした者は、その髪《かみ》をすべて剃《そ》り落とす。これを家訓にしましょう』って言ってたもの……。切り落とすじゃなくて剃り落とすよ？　それを家訓よ？」

「あらまあ。ということは、その元近衛騎士の手を取るときは、ルース様とはきっちり別れた後、ってことね」

「……どうしましょう」

「そうね、魔獣じゃなくて夜盗《よとう》なんてどうかしら？　実力だけなら近衛騎士にだって負けない夜盗も、実力者揃《ぞろ》いのサントリナ家の周辺にならいると思うの」

「……もう、それしかないのかしらね。でも、うちの一番の実力者はルース様だけれども、あの方はエマニュエル様のしあわせを第一にさっさと諦めてしまいそうな気もするわ……」

「でしょうね。でもそれも、エマニュエル様の御心次第《おこころしだい》よ。実際奥様はその元近衛騎士を王都においてこちらに来ているのだし、最上級にイィ男なだけの、ただの勘違い野郎の可能性だってまだあるわ。奥様を追いかけまわす変質者相手なら、最強の夜盗が出現するでしょうね」

「変質者だとしても、正攻法《せいこうほう》で追い返すのじゃなく、夜盗の襲撃《しゅうげき》なのね……」

「不安の芽は徹底《てってい》的につぶすべきでしょう。あなたも言っていたじゃない。ルース様にはエマニュエル様しかいないの。あの方を、絶対に逃《に》がすわけにはいかないのよ」


街歩きデートを経て、いい感じにルース様との距離《きょり》も縮まった、と、思ったのに。


「ふざっけるなカランシア・グラジオラス！　腹切って詫《わ》びろ!!」

「すま、すまない！　俺の考えが足りなかった……、しゃ、謝罪するから、攻撃《こうげき》をいったん止《や》めてくれ！」

「うるさい！　一発くらえ！　話はそれからだ！」

「いやこれ一発でもくらったら死ぬやつじゃないか!?」

「蘇生《そせい》してやるから安心なさい！」

「君回復魔法はそこまで得意でもないだろ……！」

街歩きデートから三日後、私はサントリナ辺境伯《はく》家の裏庭で、迷惑《めいわく》にもこの地にやってきてしまったカランシアと、不毛な追いかけっこをしていた。

魔法で氷の塊《かたまり》を上空からバカスカ降らせる私、それを華麗《かれい》に避《さ》け、逃げ続け、ときには炎《ほのお》の魔法で氷を溶《と》かし消し去るカランシア、ついでに私の背後でその様子を眺《なが》めているリリーリア。

カランシアはこのリリーリアにほれ込み私に仲介《ちゅうかい》を頼《たの》んでいた男なのだが、世間の噂ではなんと、なぜか私の恋人ということになってしまっているらしい。

おかげで使用人のみんなには『ルース様を捨てないでくれ』と泣かれるわ、当のひどく傷つけてしまったであろうルース様にはあからさまに避けられるわで、一発ぶち当てないと気が済まない。

「ちぃっ！　ちょこまか逃げるなカランシア・グラジオラス！」

「エマニュエル嬢《じょう》、君人が変わっていないか!?」

「うるっさい知ったような口をきくな！　また誤解されちゃうでしょ!?　お前私の素《す》も趣味も一切《いっさい》知らない、ただお互《たが》いにフォルトゥナート王太子殿下《でんか》の取り巻き仲間だっただけの間柄《あいだがら》のくせに、なーにが幼馴染《おさななじみ》だ！」

「そ、それに関しては俺が自称したわけでもない！　客観的な世間の評価だ！　実際幼い時からの顔馴染ではあるだろう⁉　ただ、リリーリアさんへの手紙や贈《おく》り物のすべてがどうやら君宛てだと思われていたらしいことに関しては俺の責任だ！　考えが足りなかった
謝罪する！」

「謝罪するなら私の旦那様にしなさいよ！　カランシアが好きなのはリリーリアであって私には一切興味がないと、ちゃんと説明しなさい！」

「する！　するから辺境伯様に取り次ぎをだな……」

「あんたのせいで！　避けられていて！　私も今日は顔すら見れていないぃ……」

うぅう。涙《なみだ》がこみ上げてきた。と同時に私の魔力が揺《ゆ》らぎ、氷が途切《とぎ》れる。

それに気づいたカランシアも足を止め、す、と私に向かって頭を下げた。

「すまない。本当に悪いことをしたと思っている。まさかこんな噂になるとは思わず……」

「まあ、美男と美女が並んでいると絵になりますからねぇ。仕方ありませんよエマニュエル様」

肩《かた》で息をする私の背中をさすりながら、リリーリアが言った。が。待って欲しい。

「いやリリーリア、他人事《ひとごと》みたいな顔をしないでちょうだい。そもそも、あなたがきちんとカランシアを納得《なっとく》させてからこちらに来ていれば、こんなことにはなっていなかったのよ？」

「私はきちんと幾度《いくど》もお断りをしました。ここまでしつこい方が悪いのではないでしょう

か」

私に睨《にら》まれてもしれっとした表情のリリーリアは、まあ確かに、カランシアに思わせぶりな態度など一切取ったことがない。

贈り物はすべてその場で受け取りを拒否《きょひ》するか（だから私が託《たく》されることになってしまったのだが）返送するかしていたし、常に無表情でばっさばっさと切り捨てていた。

「……そうね。恋人《こいびと》でもなんでもないただ惚《ほ》れた女を追いかけるのに、近衛騎士《このえきし》の地位まで捨ててここまでやってくる奴《やつ》が悪いのよ。というわけでカランシア、一発殴《なぐ》らせて」

「なぐ、……まあ、君の拳《こぶし》ならそう痛くはなさそうだし、それで謝罪になるならかまわないが」

「よし歯食いしばれ」

「ぐっ！　……驚《おどろ》いた、意外に力があるな君。ためらいなくあごを狙《ねら》う殺意の高さもなかなかだ」

あごに一発ぐーをいれられたというのに、カランシアは一瞬呻《いっしゅんうめ》いただけで、特にダメージは負っていないように見える。私は拳が痛い。やっぱ魔法ぶつけときゃよかった。

私が涙目で殴った拳を、カランシアが涼《すず》しい表情で殴られたあごを、それぞれ撫《な》でさすっていると、ふいにリリーリアが首を傾《かし》げた。

「そういえばグラジオラス様は、近衛騎士をクビになったんですか？」

問われたカランシアは、慌《あわ》てた様子で首を振《ふ》る。

「いや、クビにはなっていない。ああいや確かに近衛ではなくなったんだが、王国の騎士職には引き続き就《つ》いている。勤務地の異動を願ってこの地にやってきただけだ。今後は国境の防衛任務にあたる」

「へえ、そうなんですね」

リリーリアは自分で訊《き》いておきながら全然興味のなさそうな声音《こわね》で、無感動にうなずいた。

うう一ん、それはまあ事実だけれど、そう無感動に流してもいい事態じゃないような……。

「でもカランシア、あなたせっかくの出世コースから外れてしまったでしょう。近衛を続けていれば安泰《あんたい》だったのに、王都から地方に飛ばされるのは基本的に左遷扱《させんあつか》いでしょう？　それもこの地はサントリナ辺境伯家の力が強いから、国の騎士の仕事なんて一応の見張りと国への定期報告程度の、閑職《かんしょく》も閑職じゃない。それを自ら望むなんて……。まあ、それだけリリーリアへの愛が深いということでしょうけど……」

「ええ、なにそれこわ……」

私の指摘《してき》を聞いたリリーリアは短くそうとだけ呟《つぶや》いて、そっと私の背後へと隠《かく》れた。

瞬間、カランシアはがくりとうなだれ、普段《ふだん》は私の目線よりもだいぶ高いところにあるそのバーガンディカラーの髪《かみ》も心なししおしおとしている。

「えっと、リリーリア、確かにちょっとこわいけれど、一応はあなたを追いかけてきたわけで、少しは感動とかしてあげてもいいんじゃないかしら？」

「エマニュエル様は私の少女っぽい見た目につられた変態の味方ですか」

カランシアをフォローしようとした私を冷めた目で睨み、そっと距離をとったリリーリアに、ついでに私の心まで折られそうだ。

「しょ、少女っぽい見た目につられた変態って、カランシアは私と同い年だもの、リリーリアより年下じゃない！　……まあ、見た目は完全に大人と子どもみたいっていうか、体格差エグいなとは思うけど……」

ごにょごにょとした私の言い訳っぽいものを聞いたリリーリアは、重たく長いため息をひとつ吐《つ》いてから、淡々《たんたん》と語る。

「エマニュエル様、私に寄ってくる異性というのは、少女に見えさえすれば美醜《びしゅう》は問わない少女だったらなんでも愛《いと》しいという種類の変態だけなんです。というか、むしろブスだし実年齢は少女ではないからこそ、手荒《てあら》く扱ってもかまわない少女っぽい生き物にうんとひどいことをしてやりたいという極まった変態の可能性すらあります」

極まった変態かもしれないと評されたカランシアは、顔面を蒼白《そうはく》にさせて首を振る。

「ち、違《ちが》う！　俺はただ、リリーリアさんの性格や生き様が好きなんだ！　うちは騎士の家系だから、従者的立場の人物に共感を抱《いだ》きやすい。だから俺は、リリーリアさんのエマニュエル嬢への忠誠心の高さに感銘《かんめい》を受けて、憧《あこが》れていて……」

そこまで言ったところで気まずげに視線を逸《そ》らした彼は、ぼそぼそとトーンダウンして続ける。

「いや、その、少女っぽい容姿で中身はむしろ老成しているというか、色々達観しているというか、芯《しん》が強いというか、とにかくそこらへんのギャップもリリーリアさんの魅力《みりょく》ではある。が、俺はリリーリアさん以外の少女っぽい姿の人物にも少女にも一切興味はない！　リリーリアさんだから好きなんだ！」

真っ赤な顔で情熱的に言い切ったカランシアに対して、どこまでも冷めた視線のリリーリアは冷笑《れいしょう》を返す。

「口ではどうとでも言えますよ。言っておきますが、私は生身の人間です。感情もあれば経年劣化《れっか》もします。この少女っぽい見た目だって、そう何年も保てません。食事が必要ですし排泄《はいせつ》もしますし、誰《だれ》かの思い通りのお人形になんて、絶対になれませんから」

「知っている。エマニュエル嬢のためにはどこまでも苛烈《かれつ》になれるあなたのその秘《ひ》めた情熱も、実に魅力的だと思っている。人形じゃないからこそ、あなたは美しい。そして全然自慢《じまん》にならないことだが、俺やうちの人間や騎士だのという野蛮《やばん》な種族は、はっきり言って容姿には無頓着《むとんちやく》だ。歳《とし》を重ねたところで、あなたの魅力は少しも揺るがないだろう」

重ねてきっぱりと言い切ったカランシアに、リリーリアはぐ、と言葉に詰《つ》まった。

いやうん、全然自慢にはならないけど、彼らが容姿に無頓着なのは事実なんだよね。

グラジオラス家や騎士の方々は、この髪をやたらに気にする世界で、平気で実用性重視で短髪《たんぱつ》でいたりするからな。筋肉を褒《ほ》め合う謎《なぞ》文化もあるし。

だから実際、リリーリアの容姿なんてものは、カランシアもカランシアの家も気にしないだろう。

というか実際、彼女ほどの実力者であればむしろ喜んで迎《むか》えたいと、彼の父が言っていたことがある。

というのも、リリーリアは、いざというとき私を守れるようにと、けっこう鍛《きた》えている。

カランシアがリリーリアに惚れたきっかけというか二人が顔見知りな理由は、騎士団長にして王国最強の呼び名も高いカランシアの父に、リリーリアが師事していたからだ。

リリーリアは、小柄《こがら》な女性であるにもかかわらず数多《あまた》いるカランシアの父の弟子《でし》の中でも頭ひとつ抜《ぬ》けた実力者で、それはひとえに私への忠誠心から来る異常なまでの情熱と根《こん》性《じょう》で集団に食《く》らいつき鍛え上げた結果、らしく。

傍《そば》で修行《しゅぎょう》の様子を見ているうちに気づけば惚れていたと、学園でカランシアといっしょになったときによく聞かされたものだ。

「というか、先ほどからいやに具体的な気がするんだが……、リリーリアさんを少女に見える人形として囲おうとした変態が、実際にいたのか？」

ふとカランシアが尋《たず》ねると、リリーリアは苦々しい表情でうなずく。

「ええ、まあ。とっくに絶縁《ぜつえん》したはずの実家から、三度ほど見合いをさせられまして。いずれも、相手はそういう方でした。まあそういう方だったので、遠慮《えんりょ》なく殴り飛ばして帰ってきましたが」

「よし、その変態どもは俺が斬《き》ってこよう」

カランシアがそう言って完全に目を据《す》わらせて剣《けん》を握《にぎ》ると、リリーリアはあきれたようなため息を吐いた。

「相手も知らずにどこに行く気ですか？」

そのまま歩き出そうとした彼の背に、リリーリアはそっと尋ねた。

「……教えてくれ」

すすすと戻《もど》ってきて情けない声音でそう懇願《こんがん》したカランシアを、リリーリアは鼻で笑う。

「この流れで教えたら、立派な殺人教唆《きょうさ》ですね」

「ああ、リリーリアさんを犯罪者にするわけにはいかないな。仕方ない。あなたから聞き出すのは、あきらめよう」

苦々しい表情でうなずいた彼は、ちらりと私にアイコンタクトを送ってきた。

まあ、リリーリアから聞き出さなくても調べれば良《い》いということだよね。

ついては彼女の雇《やと》い主である私も調査に協力しろっていう意味のアイコンタクト、だろう。たぶん。

そう当たりをつけてうなずいた私とカランシアをちらりと見やったリリーリアは、再びあきれたようなため息を吐く。

「エマニュエル様、グラジオラス様、私は何事もなくこうしてここにいるのですから、それでいいじゃないですか。さっきも言いましたが、私が、遠慮なく殴《なぐ》り飛ばしたんですよ？　下手につつかれると、むしろ私が法で裁かれる可能性も……」

「ああ、リリーリアさんの全力なら、よくても半殺しか……」

ぽつりとカランシアが呟いた言葉に、危機感を抱く。

「え、さすがに殺してはいないのよね……？」

そっと私に問われたリリーリアは、実に綺麗《きれい》な笑顔《えがお》で小首を傾《かし》げた。

うん。重ねて訊《き》くのはよしておこう。

口を閉《と》ざし愛想《あいそ》笑いを返した私に満足げにうなずいたリリーリアは、すっと真顔に戻って淡々と告げる。

「私の両親もさすがに懲《こ》りたのか、二年前を最後に手紙すら来なくなりました。……二年前私がいい加減にしろと談判しに行った際に、『お父様もお母様も相変わらず作り物のようにお美しい御髪《おぐし》ですね』と申し上げたら、私とは親子でなかったことを思い出してくれたようで、そのおかげかもしれませんが」

ああ、私の呪《のろ》いのせいで白髪《しらが》だかハゲだかになった子爵《ししゃく》夫妻は、作り物＝カツラ装着だったのか。そしてそれを指摘されてキレたと。

この世界、髪色＝神様からの祝福説があるからか、髪色をごまかす行為《こうい》がものすごく忌《き》避《ひ》され馬鹿《ばか》にされる。

カツラや白髪染めなんてものは神への冒瀆《ぼうとく》とまでのたまう過激派までいるらしい。

だから、カツラであることが露見《ろけん》することを恐《おそ》れ社交界から足が遠のいていて、それを即座《そくざ》に見抜《みぬ》いたリリーリアからは手を引いた、と。バラされるわけにいかないもんな。

「……では、俺の出番はない、か。しかしそこまで完璧《かんぺき》に自分だけで立ち回られてしまうと……」

「かわいげがない、ですか？」

カランシアの呟きにリリーリアはシニカルに笑ってそんな問いを挟《はさ》んだが、問われた彼は、きっぱりと首を振《ふ》る。

「いや、かっこよすぎると思ってな。俺がリリーリアさんに認めてもらえる日は遠そうだ……」

「そ、う、ですか」

カランシアはなにやらうつむき考え込んでいて気づいていないみたいだが、リリーリアの耳がわずかに赤くなっているし、彼女にしては珍《めずら》しく声に動揺《どうよう》が見られた。

リリーリアは姉属性があるから、実はかっこいいとか頼《たよ》りがいがあるとかそういう褒め言葉に弱い。

……この二人、なんでこれでくっついてないんだろ。

そう、そもそも、この二人がくっついてくれていればよかったのだ。

二人がいちゃラブな恋人《こいびと》同士であれば、妙《みょう》な誤解は発生しなかったはず。

「ねえリリーリア、少女っぽい見た目につられた変態という誤解は解けたのだし、少しはカランシアのこと、認めてあげたらいいんじゃないかしら……？」

私が期待を込めてそっと問うと、リリーリアは苦虫を嚙《か》み潰《つぶ》したような表情に変じ、カランシアはぱっと期待に満ちた目で顔をあげた。

「認め、そして、嫁《とつ》げと？　それがご命令であれば、よろこんで従いますよ」

「えええ!?　そ、そんなんじゃないわ！」

よろこんでとか言いながら実に嫌《いや》そうな表情でとんでもないことを言い出したリリーリアに、私は全力で首を振った。

「命令なんかじゃなくて、私はただ、助言のつもりで……。だいたい、命令だとしたって、結婚《けっこん》なんて重大なこと、嫌だったら嫌と拒否《きょひ》すべきでしょう!?」

私は割と必死にリリーリアに詰め寄ったのに、当の彼女はきょとんと小首を傾げている。

「一般的《いっぱん》に考えても侍女《じじょ》の結婚なんてものは、主《あるじ》が決めていいものじゃないでしょうか？　それに私の命はエマニュエル様のものです。私が生きるも死ぬも決めるのはあなた様である以上、死ぬまでの生き方もあなた様の意向に従うべきでしょう」

「それなら私は、生きるも死ぬも死ぬまでの生き方も、あなた自身で決めてってお願いするわ。なんでリリーリアって、普段《ふだん》は全然私のことを敬ったりしないくせに、たまにとんでもなく重いのよ……」

私が思わずため息を吐くと、リリーリアはそれを鼻で笑う。

「いつだってこの上なく敬っていますよ？　ただ、私は行動で敬意を示すタイプなだけです」

まあ、確かにリリーリアが辛辣《しんらつ》なのは口だけで、なんだかんだ私に甘いというか優《やさ》しいのは事実だけれど……。

「そうだエマニュエル嬢、君はこの上なく大切にされている。というか、リリーリアさんは君以外にはけっこうひどい。俺も父も、リリーリアさんのこの地への転居の予定すら知らされていなかったくらいだ」

ふと哀愁《あいしゅう》を纏《まと》いながらカランシアが漏《も》らした嘆《なげ》きに、私は目を見開いた。

不義理にもほどがある……！

「一応師匠《ししょう》には、出発当日の朝に手紙を出しましたよ。事前に挨拶《あいさつ》に行かなかった理由としては、出発前日までは謹慎《きんしん》中だったからです」

私に信じがたいものを見る目で見られているというのに涼《すず》しい表情のリリーリアは、しれっとそう言った。が。待って欲しい。

「謹慎は私の話で、リリーリアは関係なかったでしょう！」

私は思わず叫《さけ》んだが、相変わらず涼しい表情のリリーリアは、ただ淡々《たんたん》と応《こた》える。

「主の謹慎処分中に、浮《う》かれて遊び歩けるわけがないでしょう」

「俺が学園を卒業してすぐ会いに行ったときに、ちょうどこんな感じに言われて、以後会うことも手紙のやり取りすらも拒否されてな。まあそれはリリーリアさんの忠誠心であれば当然だろうなと、一度は引き下がったんだが……」

カランシアはひとつため息を吐き、続ける。

「そのまま謹慎が解けるや否《いな》や何も告げられずに転居をされて、正直心が折れるかと思った。拒否はまだしもそこに重ねて無視はキツい。それで、どうにか己《おのれ》を鼓《こ》舞しここまでやってくるのに、上に配置転換《てんかん》を認められる時間含《ふく》め、三ヶ月近くかかってしまったというわけだ……」

そう呟《つぶや》いたカランシアは、これまでの苦労を思うかのようにどこまでも遠い目をしていた。

「お、お疲《つか》れ様、カランシア。というか、逆に折れなかったのがすごいわね……」

思わず私が感心してしまうと、カランシアは遠い目のまま、弱々しく微笑《ほほえ》む。

「これまで俺以外の誰《だれ》も彼も、同じように一律拒否されていたからな。単純にエマニュエル嬢以外は俺も俺以外も全員どうでもいいだけで、俺個人が特別嫌なわけではないだろうとはわかっていたから」

「まあ、だいたいあっていますね」

リリーリアがうなずくと、カランシアはほっと息を吐《つ》く。『どうでもいい』ですら安堵《あんど》しちゃうんだ……。

「ただ、一応訂正《ていせい》させてもらうと、あなたのことは特別かわいいと思っているからこそ、特別突《つ》き放してきたんですが」

リリーリアが淡々と続けた言葉に、カランシアはヒュッと息を呑《の》み、ピシリと硬直《こうちょく》した。

「え。……か、かわいい？」

割に厳《いか》つい見た目をしている、学園でもかっこいいという評判しか聞かなかったカランシアにとってあまりになじみがないらしい【かわいい】に彼が首を傾げると、リリーリアはふわりと、確かにかわいくて仕方ないと思っているかのような柔《やわ》らかな微笑みを浮かべる。

「ええ、グラジオラス様はまるで馬鹿な犬のようで、とってもかわいいです。子どもの頃《ころ》から見ていたせいもあるでしょうが、私にはあなたが、とてもかわいく見えるんです。その愚《おろ》かなまでにまっすぐな気質は、まあ本当に馬鹿《ばか》で馬鹿で馬鹿だなあと思うんですけど、だからこそかわいくて仕方がありません」

これ、褒《ほ》めているのかなぁ……。

傍《はた》で見ている私はなんとも微妙《びみょう》な気持ちになってしまうが、言ったリリーリアは終始綺麗な笑顔《えがお》だったし、言われたカランシアは真っ赤な顔で視線を泳がせているので、まあたぶん褒めたんだろう。

そういえば、リリーリアは犬が好きだし。

近衛《このえ》の地位を捨ててまでここにやってきたカランシアは、間違《まちが》いなく馬鹿だし。

その地位を蹴《け》ったときに、高位貴族のお嬢《じょう》さん方とのお見合いフラグとかもベキバキに折ってるだろうに、躊躇《ちゅうちょ》もせずにリリーリアにまっすぐ向かってきたことは、馬鹿な犬感あるし。

やがて決意を固めるようにぐっと拳《こぶし》を握《にぎ》りしめたカランシアは、期待のこもったまなざしでリリーリアを見つめ、一度深呼吸をしてから、震《ふる》える唇《くちびる》を開く。

「……リ、リリーリアさん、あの、俺、学園、卒業したんだ。近衛、は、もう辞してしまったが、一応、国の騎士《きし》としても認められた。あなたより歳が下なのはどうにもならないが、でも、以前あなたが言っていた【親のスネかじってるような子ども】ではもうないと、認めてもらえるだろうか……？」

「ええ。立派になりましたね」

「で、では、俺とけっこ……」

「あなたは魅力的《みりょく》です。だからこそ、こんな色で年かさで実家にも恵《めぐ》まれていない、とどめに唯一《ゆいいつ》絶対をエマニュエル様と定めている私などには、もったいないでしょう。かわいいあなたを、不幸にさせるなど我慢《がまん》ならない。断固として、お断りさせていただきます」

みなまで言わせぬうちにリリーリアが笑顔でばっさりと切り捨てると、カランシアはぐっと言葉を詰《つ》まらせた。

「だいたい、先ほども申し上げましたが、私は結婚相手だって、エマニュエル様の意に従いたいんですよ。この方の利になるように動くことしか考えられません。私はもとより、私の結婚相手を自分の意志で選ぶつもりはないということです」

淡々と告げたリリーリアに、さっきからちょっと引っかかるものを覚えていた私は、人のプロポーズの場面に口を挟《はさ》むのもどうかとは思いながら、そっと尋《たず》ねる。

「えっと、リリーリア、じゃあ、カランシアのことが嫌とか嫌《きら》いとかでは、ないのね？　むしろ、もしかして、どっちかというと、……好き？　だったりする？」

確信めいた私の言葉に、カランシアはぽかんとして、リリーリアは苦虫を噛み潰《つぶ》したような表情で口を開く。

「……コレに愛を囁《ささや》かれて、好きにならずにいる女がこの世にいると思います？」

「たまにはいるんじゃない？　少なくとも私は、全然興味ないわね。でもとりあえずリリーリアは、好き、なのね？」

私が重ねて問うと、とうとうリリーリアは、しぶしぶうなずく。

「まあ、好きか嫌いかの二択《たく》でしたら、……好き、なのかもしれませんね」

ぴしゃごーん！　と、あまりの歓喜《かんき》に衝撃《しょうげき》を受けて硬直しているカランシアはとりあえず放置して、私は更《さら》に、リリーリアに詰め寄る。

「あなたさっき、私の命令に従うと言ったわね？　私の利になる結婚《けっこん》なら、受けてくれるのよね？」

「当然です。エマニュエル様の幸福のために必要であれば、たとえ極まった変態の家に行くことになってもかまいません」

「なんでそんな鬼畜《きちく》なことを命じなきゃいけないのよ。まあ、いいわ。命じます。リリーリア、あなた、自分の好きな人と結婚なさい。そして、めいっぱいしあわせになりなさい。色素が薄《うす》くともここまで愛されるのだと、しあわせになれるのだと、しあわせになってもいいのだと、私の旦那《だんな》様に示しなさい！」

「……あー……、ああー……？」

まだ今一つ呑み込めていない様子のリリーリアに、私は重ねて命じる。

「さあ、自分の気持ちに素直《すなお》になりなさい！　素直になったらどうなるか、ルースに見せ

て欲しいのよ！」

「なる、ほど……？」

首を傾《かし》げ、まだ私の命令の意味を考えているらしいリリーリアはいったん置いて、私はカランシアに向き直る。

「カランシア、さっきは殴《なぐ》ってごめんなさいね！　色なんて関係なくリリーリアのことを愛してくれるあなたがここに来てくれて、よかったわ。さっきリリーリアはあなたを不幸にさせたくないって言ったけど、あなたのしあわせは、王都で適当な黒髪《くろかみ》のお嬢さんと結婚することなの？」

「違う！　それが幸福だと思えないから、この地に来た！　俺はリリーリアさん以外なんて、好きにはなれない！」

とっさに力強く反論してきたカランシアに、私は満面の笑みを向ける。

「そうよねそうよね！　容姿とか条件とかがいくらよくたって、好きでもない相手と結婚したってしあわせになんかなれっこないわよね！　……で、リリーリア、私はこういう私と同じ考えの人をあなたが受け入れることで、臆病《おくびょう》な旦那様が勇気を出すきっかけになるんじゃないかっていう期待があるの」

「私がグラジオラス様を受け入れることが、エマニュエル様の利になる、と」

ぽつりとそう返してきたリリーリアに、私はにっこりとうなずく。

「この上なく。そんなに私の役に立ちたいのなら、遠慮《えんりょ》とか後ろ向きな感情はいったん捨てて、自分の気持ちに素直になって、カランシアと向き合ってみてくれないかしら？」

「……かしこまり、ました」

ようやくうなずいてくれたリリーリアの肩《かた》をぽんと叩《たた》いてから、私はくるりと屋敷《やしき》に足を向ける。

「それじゃありリーリア、カランシア、これ以上邪魔《じゃま》しても悪いから、私は屋敷に戻《もど》って、旦那様を捜《さが》しておくわ。それで、旦那様にカランシアのことを紹介《しょうかい》しようと思うんだけど……」

紹介する段階で、カランシアはリリーリアへの求婚者のままか、二人が婚約者同士になっているか。

後者だと嬉《うれ》しいなーと言外ににおわせてから、私はその場を立ち去った。

「……ええ、と」

エマニュエルが去ってしまいなんとなく気まずい空気の中、カランシアはなんとか仕切り直そうと声を絞《しぼ》り出した。

それから彼がちらりと傍《かたわ》らのリリーリアの様子を窺《うかが》うと、今までは彼女から逸《そ》らされるばかりだった二人の視線が、カチリと合う。

リリーリアが観念するようにため息を吐《つ》き力の抜《ぬ》けた笑みを浮《う》かべると、これまでの拒《きょ》絶《ぜつ》一辺倒《いっぺんとう》のものとは明らかに違うその様に気づいたカランシアは、すかさず彼女の正面に回り、片膝《かたひざ》をついた。

彼は彼女の小さな、けれど令嬢のそれのように頼《たよ》りない印象ではない左手をそっとすくい上げ、祈《いの》るように見上げ、告げる。

「幾度《いくど》も伝えてきたことだが、改めて言わせて欲しい。……リリーリアさん、俺と、結婚してくれないだろうか……?」

「その申し出を受ける前に……、一応、いくつか確《かく》認《にん》させてもらってもいいですか?」

受ける前に。

受ける、が、前提にある!

その気づきに思わず飛び跳《は》ねそうになったが、ここが勝負どころと感じたカランシアは即座《そくざ》に気合を入れ直し、真剣《しんけん》な表情でうなずく。

「なんなりと」

騎士らしく生真面目《きまじめ》に応じたカランシアに、リリーリアは再びため息を吐いた。

「では、まず、私はこの色です。実の父には絶望され、義理の母にも疎《うと》まれたコレ。気にならないんですか？　結婚ってなると、家やら子孫やらのことも考えなければいけないでしょうが、そこらへんわかってます？　魔力の少ない人間が、血統に交じるんですよ？」

ちょいと前髪をいじりながらそのアイスブルーを示したリリーリアが魔法で操《あやつ》れるのは、せいぜい拳《こぶし》大の水のみだ。

問題は見目だけではない。

本当にわかっているのか。

それを確かめるべくどこまでも真剣に問うたリリーリアに対し、カランシアはえらくあっさりと答える。

「特に問題はないな。うちは代々魔法よりも剣を重んじてきたし、俺自身魔力量こそ多いらしいが頭が追い付かなくて魔法は苦手だ。魔力が少なくたってなんの問題もない。集団や大型の魔獣《まじゅう》を相手するならともかく、対人なら斬《き》るか殴る方が早く確実に潰せるってのがグラジオラス家の基本的な考えだからな」

「いやグラジオラス家野蛮《やばん》すぎません？」

思わずといった様子で口を挟んだリリーリアに、カランシアは心底おかしそうに笑う。

「ははっ、そうだな。いざ大型の魔獣を相手するときだって、うちの身内は、魔法使いを守るとか言って前に出て、直接敵と剣を交《か》わしたがる野蛮な奴《やつ》らばかりだ。リリーリアさんはそんな野蛮の筆頭であるうちの父のお気に入りの弟子《でし》、うちの関係者はもろ手を挙げて歓迎《かんげい》するさ」

「……まあ、確かにそんな感じは、しないでもないですけど。いやでも実際嫁《よめ》ってなったら家と家との結びつきなわけで、実利を考えても対外的にも、普通《ふつう》にご家族に愛されて育った清楚《せいそ》なお嬢《じょう》さんなんかの方が……」

「そんなそこらの清楚なお嬢さんなんぞが、【野蛮】な我が家になじめるとでも？」

にやりと笑ってカランシアが問うと、リリーリアはまたひとつため息を吐いた。

「思い、ません、ね。でも、結婚して同じ家に住むとなると、毎日とか、割と頻繁《ひんぱん》に顔を合わせるわけで。それがブサイクだと嫌《いや》に……」

「ならない。リリーリアさんの親があなたになにを言ったかはだいたい知っているが、俺はあいつらとは違う」

「……っ」

食い気味で強く否定したカランシアに、リリーリアは言葉を詰《つ》まらせた。

黙《だま》ってしまったリリーリアをまっすぐに見上げ、どこまでも真剣な表情で、カランシアは断言する。

「歳《とし》をとれば、容姿なんてのは誰《だれ》も彼も衰《おとろ》える。それで揺《ゆ》らぐ程度の気持ちで、永遠の愛なんぞ誓《ちか》えるわけがないだろう。半端《はんぱ》な覚悟《かくご》で求婚していると思われるのは心外だ。だいたい俺は、その色を隠《かく》すことなく、魔力の少なさにもうつむくことなく、ひたむきに己《おのれ》の拳《こぶし》を磨《みが》き続けるリリーリアさんは、むしろ誰よりも美しいと思っている」

「誰よりもと言われてしまうと、それはそれで微妙《びみょう》な気持ちになるんですが……」

照れ隠しもあるのか、頬《ほお》を赤く染めてうつむきながらぼそぼそとそう反論したリリーリアに、カランシアは首を傾げる。

「それはどういう……、ああ、エマニュエル嬢、か？」

「ええ。この世界で一番、誰よりも美しいのはエマニュエル様ですので。それから、エマニュエル様は気になさっておりませんでしたが、もう嬢ではなく、夫人の方がふさわしいかと。特に旦那様の前ではお気をつけください」

やはり照れ隠しなのだろう。

ぼそぼそとわざとズレた文句を口にしたリリーリアにふっと微笑《ほほえ》んだカランシアは、表情を引き締《し》めてから、頭を下げる。

「重ね重ね、失礼をした。ただ、世間一般《いっぱん》の評価の話ではなく、俺にとってそれだけリリーリアさんが特別美しく思えると言いたかったんだ」

「変わった感性をお持ちですね。エマニュエル様ほどではないですが」

つんとした表情でそう言ったリリーリアは、もう首のあたりまで真っ赤だ。

カランシアはそのあまりに愛らしいリリーリアをたまらない気持ちで眺《なが》め、伏《ふ》せられた彼女の瞳《ひとみ》にふと思い出したことを口にする。

「そういえば、エマニュエルじょ、エマニュエル夫人は、瞳の造形やまつげの長さなんかを気にされるようだな。リリーリアさんのまつげは小枝が載《の》りそうなほどだと語られたことがある。確かにこうして見ると、リリーリアさんの大きな瞳も、それを縁《ふち》どり影《かげ》を落とすまつげも、実に美しいものだ……」

「その変な感性、うちの主人の悪影響《あくえいきょう》もあったんですね……。なんだか、申し訳ありません……」

今度は照れることなく、心底申し訳無さそうに頭を下げたリリーリアに、カランシアは笑《え》みを深める。

「本人には全力で拒絶されたが、俺とエマニュエル夫人は、一応幼馴染《おさななじみ》だからな。当然影響は受けているさ」

「……エマニュエル様の猫《ねこ》かぶりも見抜けなかった、というか、本来の雑なところを見せてもらえるほど打ち解けてはいませんでしたけどね」

実に不機嫌《ふきげん》にそう言ったリリーリアに、カランシアは首を傾《かし》げた。

「すまない、なにか不快にさせるようなことを……、あ、そうか嫉妬《しっと》か」

リリーリアは一瞬《いっしゅん》ぎくりと身をこわばらせたのに、次の瞬間には無表情で、冷たい声音《こわね》で告げる。

「嫉妬なんてしてませんけど」

「いやしてるだろう。大丈夫《だいじょうぶ》だ。実際、リリーリアさんの方がよほどエマニュエル夫人のことを理解している。あなたが言った通り、俺はあの方の猫かぶりなんて、気づいてすらいなかった」

「……そっち？」

「ん？」

「いえなんでもないです」

相変わらずの無表情でふいと視線を逸《そ》らしたリリーリアに、カランシアはため息を吐いた。

「うん、まあ、とにかく、俺はリリーリアさんとエマニュエル夫人の仲を邪魔《じゃま》するつもりはない。あなたの忠誠心こそがあなたの一番の美点だと思っているし、エマニュエル夫人は生涯《しょうがい》仕えるに値《あたい》するだけの素晴《すば》らしい主人だと、俺も理解している」

「……ともに家庭を築く相手が、家の外に最優先とするものを定めているのって、普通は嫌なものなんじゃないですか？　私、たとえ結婚《けっこん》したとしても、生涯エマニュエル様が唯《ゆい》一《いっ》絶対ですよ？」

【いくつか確認したいこと】のひとつであるその疑問をリリーリアがそろりと投げかけると、カランシアはそれを軽く笑い飛ばす。

「俺はあなたがそうだから愛《いと》しいし、それを嫌がる奴は、あいにくうちの一族にはいないな。うちの誰かが忠義のために死んだなら、その葬式《そうしき》は盛大《せいだい》な祝いになるくらいだ」

主従の従であり続けることこそを望むその性質から領地や継承《けいしょう》可能な爵位《しゃくい》こそ受けてはいないものの、一族のほとんどが武功によって一代限りの騎士《きし》爵を与《あた》えられ続けているグラジオラス家。

カランシアも学園在学中に女神《めがみ》のいとし子の仲間の一人として活躍《かつやく》し、既《すで》に騎士爵を得ている。

そんな騎士まみれの変わった一族は、彼の言ったことも嘘《うそ》ではないだろうなと思わされてしまうほどに、忠義を重んじる一族だ。

「確かにグラジオラス家ならそうだろうなとは思うんですが、同時に、それでいいのかグラジオラス家とも思いますね……」

リリーリアが深いため息とともにそう言うと、カランシアは苦い笑いを返す。

「仕方ないだろ。父をはじめとして、うちはみんなそういう性分《しょうぶん》だ。これになじめない人間はうちに嫁《とつ》いでなど来ないし、うちで生まれてこれが嫌なら早々に出ていく。その繰《く》り返しの結果が、誰も彼もが野蛮なグラジオラス家というわけだ」

「私ならそれになじめるだろうと思われているのは、なんか、どうなんですかね……」

「優《すぐ》れた武人であるリリーリアさんのことは、うちならみんな歓迎するというだけさ」

爽《さわ》やかに微笑んで断言したカランシアに、リリーリアは肩《かた》の力を抜《ぬ》いた。

「まあ、そういうことにしておきましょうか。じゃあ、あとひとつだけ確認《かくにん》です。私、見た目はともかく、実年齢《じつねんれい》はあなたよりだいぶ年上なんですが、わかってます？　どうしってあなたより先に衰えて、きっとあっという間におばあちゃんになります」

「リリーリアさんなら、きっとかわいいおばあちゃんになるだろうな。それでたぶん、その頃《ころ》には、俺の髪《かみ》だって白くなっているだろう。歳の差といっても、一〇〇も二〇〇も違《ちが》うわけじゃないのだから」

邪気の無い笑顔でそう返したカランシアに、リリーリアは弱々しい笑みを返す。

「はは、それと似たようなこと、エマニュエル様も言ったらしいです」

「ああ、辺境伯《はく》夫妻も、歳はすこし離《はな》れているのか。貴族の政略結婚であれば、二〇近く離れていることもある。そこと比べたら、俺たちの四歳差なんてのは、誤差の範囲《はんい》じゃないか？　特にリリーリアさんは、むしろ俺よりも若々しい容姿をしているわけだし」

「ほんっとに馬鹿《ばか》ですね。誤差なわけないでしょう」

相変わらず辛辣《しんらつ》な言葉を吐《は》いたリリーリアは、けれど、常にないほど柔《やわ》らかな笑みを浮《う》かべていた。

彼女の力の抜けた笑みに勇気を得たカランシアは、くすくすと笑う。

「リリーリアさんは、俺が馬鹿だからかわいいと言ってくれたじゃないか」

「そうですね。馬鹿な子ほどかわいいです。仕方ないなって、思います」

「それは、よかった。さっき、あとひとつだけって言っていたな。もう、不安なことはないだろうか？」

「ええ。こんなに馬鹿な人や野蛮《やばん》なご家庭に、『私なんて釣《つ》り合わない』なんて思う必要はないと、よくよくわかりました」

「ではリリーリアさん、改めて。……俺と、結婚してくれないだろうか？」

手紙で、対面で。幾度《いくど》も幾度もカランシアがリリーリアに告げ続けてきたその言葉に。

「……エマニュエル様たちの式の後でしたら、喜んで」

初めて返された諾《だく》の返事に、愚直《ぐちょく》な騎士は、破顔した。


どうやら二人はうまくいったらしい。

カランシアの嬉《うれ》しさ全開の笑顔、リリーリアの嬉しさを隠《かく》そうと過剰《かじょう》に無を取り繕《つくろ》った結果と思われる無を極め過ぎている無表情、寄り添《そ》い歩く二人の距離《きょり》感《かん》を総合した結果、私はそう判断した。

その後、リリーリアから口約束の段階ではあるがと婚約をしたとも聞かされたが、カランシアがなにか喋《しゃべ》ろうとするたびにリリーリアがひと睨《にら》みで黙《だま》らせていたので、実際二人の間にどんなやりとりがあったのかはわからない。

まあ、さっそくきっちりと姉さん女房《にょうぼう》の尻《しり》に敷《し》かれていて、それをカランシアが喜んでいる様子なので、この二人はうまくかみ合っているということだろう。末永くしあわせになって欲しい。

それにしても、断られても断られてもむしろますます燃え上がっていたときから思っていたけれど、カランシアって割とどマゾだよね……。

リリーリアの絶対零度《れいど》のアイスブルーの瞳で睨まれると私は泣きたくなるが、カランシアはそれに魅《み》せられている気すらする。むしろご褒美《ほうび》、ってやつなのかな……？

まあきっと、日頃のツンがきついからこそたまに見せるデレがたまらなくかわいいというものなのだろう。

リリーリアはこれまでは頑《かたく》なに家名のグラジオラス様呼びだったけど今はカランシアと呼び捨てているし、なんだかんだデレの片鱗《へんりん》が見える。

人前ではツンツンなのも、かえってかわいく見えるに違いない。

などと、にやにやと二人のことを観察できたのは、カランシアが私の名を呼ぶまでだった。

「リリーリアさんは、生家とは公的にも縁《えん》が切れているだろう？　となると、結婚の許可を得るのは雇《やと》い主であるエマニュエル夫人になるのだろうが……」

「いや待って」

「ん？　ああ、ベイツリー公爵家かサントリナ辺境伯家で雇っているのだろうか？」

私にいきなり遮《さえぎ》られたカランシアはそんな風に訊《き》いてきたが、そういう問題ではない。

「いえ、リリーリアは今は私個人の侍女《じじょ》よ。お給料も私の個人資産から出しているわ。でも結婚なんてのは雇い主が許可するものでもないと思うし、カランシアだったら私は賛成する。ただ、うちの両親、特に母はリリーリアのことはかわいがっているから、一度挨拶《あいさつ》に行った方が良《い》いとは思うけど」

「もとよりそのつもりだ。というか、先ほどそれを言おうとしていた。まあ、俺にリリーリアさんの行き先を教えてくださったのは公爵夫人だし、その際に『がんばって捕《つか》まえてらっしゃい』とおっしゃっていた。既にほとんどご了承《りょうしょう》いただいているようなものだとは思うが、やはり挨拶は必要だろう」

「ふうん、カランシアって案外根回しがうまいのね。お母様が味方なら、なんの問題もないわ。リリーリアの生家も無視して良いでしょう。いえあの、そうじゃなくて。……あなた、さっき、私のことをなんて呼んだのかしら？」

脱線《だっせん》しかけた話を元《もと》に戻して私が問うと、カランシアはふしぎそうに首を傾《かし》げる。

「……？　……エマニュエル夫人、と」

「いやダメでしょ」

　私が真顔で即座《そくざ》に切り捨てると、カランシアはますます困惑《こんわく》をあらわにする。

「その、既婚者《きこん》に【嬢《じょう》】は失礼かと思ったんだが……、サントリナ辺境伯夫人、と、呼べばいい、のか？」

「いや、そこまではかしこまらなくていいんだけれども。でも、エマニュエルに夫人はダメでしょ。【エマニュエル夫人】はほら、あの、……ダメでしょ」

「特にダメな理由がわからないんだが……」

「クソッ！　こっちの世界だと通じないのか……!!」

　思わず私が頭を抱《かか》え悪態を吐《つ》くと、カランシアとリリーリアはおろおろとうろたえアイコンタクトを交《か》わしてはしきりに首を傾げあっている。

　ああ、そっか。

　こっちの世界では【エマニュエル夫人】に特別な意味なんてないのか。

　現代地球人相手なら『わかるだろ。古いけど有名な物語だし。わからないなら人に見られないように気を付けてググれ』って言えるんだけどなぁ……。

「ごめんなさい、汚《きたな》い言葉を使ってしまって。取り乱したわ。その……、こう、エマニュエル夫人というと縁起が悪いというか、その、色々と重々しい感じがするというか……」

「……まるで急に歳を取ったような扱《あつか》われ方に感じた、ということでしょうか？」

　私がなんと言ったものかわからずごにょごにょと言い訳をひねりだそうとがんばってい

たら、リリーリアがそう言ってくれた。

「そう、それ！ それでいきましょう！ あ。いえあの、もちろんルースと結婚したことに不満なんてないのよ？ 夫人や奥様と呼ばれることは嬉しいのだけれども、あまりこう重厚感《じゅうこう》ある感じに呼ばれるとそこまでの風格はまだない気がする、みたいな、感じ？」

「？ 風格云々《うんぬん》はよくわかりませんが……。でしたらエマニュエル様、カランシアはあなた様のことをなんとお呼びすればよろしいでしょうか？」

リリーリアに尋《たず》ねられた私は考え込む。

ええと、なんだろうな。

おそらく友人というほど近くはないがただの知人というほどは遠くもない、ほどほどの距離感。

上下関係としてはほぼ対等、のつもり。同い年だし。以前はどちらも王太子殿下《でんか》に仕える身という仲間意識もあった。

よって私としては呼び捨てでもかまわないのだけれど、それは以前『家格、なによりリリーリアさんの雇い主である事実から考えて、呼び捨てなどできるわけもないししたくない』と断固拒否《きょひ》された。

そして私は既婚者。となると……。

「……エマ夫人、とか？ ほら、【夫人】からにじみ出る重厚感を愛称《あいしょう》にすることで緩和《かんわ》、的な」

「その繊細《せんさい》なニュアンスの違《ちが》いはいまいちよくわからないが……。とにかくそれが君の希望であれば、今後はエマ夫人と呼ばせていただく。それでだなエマ夫人、一度ベイツリー公爵《こうしゃく》家に挨拶に行くにあたって……」

よくわからないと言いながらもカランシアはあっさりとうなずき、リリーリアとの結婚に向けての今後の動きを私に語っている。

とりあえず【エマニュエル夫人】呼びを回避《かいひ》した私は、自分の名前の思わぬトラップと今後はこれをどう回避するのかに気をとられていて、カランシアとリリーリアの話していることはほとんど耳に入っていなかった。

同じ理由で、カランシアが私を王都から追いかけてきた恋人《こいびと》と誤解されていたことなんてすっかり忘れていたし、そんな男に愛称呼びをさせるなんてことがいかに軽率《けいそつ》なふるまいなのかも誰《だれ》をどれだけ傷つけてしまうのかも、ちっともわかっていなかったのだった。

第六章 招かれざる客

騎士《きし》カランシア・グラジオラスがサントリナ辺境伯《はく》領へとやってきて、一週間が経過した夏の日の午後。

国境にほど近いサントリナ家の別邸《べってい》、かつての戦時には前線基地として使われていたこともあると伝わっているものの、隣国《りんごく》との関係が良好な現在では主に魔獣討伐《まじゅうとうばつ》の拠点《きょてん》として活用されているそこの一室に、ルースはいた。

傍《かたわ》らには、本邸から執務《しつむ》を持って追いかけてきた老執事が一人。

「……それで、なぜルース様はそうもコソコソと奥様から逃《に》げ回っておられるのです？」

一通りの用件を終えた老執事があきれたような表情でそう切り込むと、ルースはぐっと表情をこわばらせ、ついと視線を逸《そ》らす。

「別に、逃げてなんかいないさ。ただ、ここのところこの辺りの魔獣が活発化している。おそらく、王都の守護竜《りゅう》が力を取り戻したため追われたものが、その力の及《およ》びにくい範囲《はんい》に集まっているのだろう。だから、こちらに拠点を移して討伐と状況《じょうきょう》の確認《かくにん》を……」

「その傾向《けいこう》は確かですが、まだあなた様が直接対処しなければいけないほどの状態ではないはずです」

ルースの語る建前を遮って心底あきれたように老執事がそう言えば、ルースはますます気まずそうな様子で、黙《だま》り込んだ。

うつむいてしまった主《あるじ》にひとつため息を漏《も》らした老執事は、問う。

「まったく、要するに嫉妬《しっと》ですか？　奥様とあの騎士がいっしょにいる姿を見たくない、と？　しかし、あの騎士については奥様の恋人ではなかったと、幾度《いくど》も申し上げているでしょう。奥様の侍女リリーリアさんの婚約者だそうですよ」

「ああ、エマニュエルからの手紙にも、そう書いてあった。そこはもう疑っていない。そもそも、エマニュエルは、私ごときが独占《どくせん》して良《い》い存在ではない。たとえ本当に彼が彼女の恋人だったとしても、私がそれに嫉妬する権利なんかないと、元から承知している」

淡々《たんたん》とそう認めたルースをいぶかし気に睨《にら》んだ老執事は、硬《かた》い声音《こわね》で、更《さら》に問い詰《つ》めていく。

「であれば、なにがご不満なんです？　かわいそうに、ルース様に拒絶《きょぜつ》された奥様はすっかり消沈《しょうちん》されて、グラジオラス様どころか誰とも会わずに部屋に引きこもっておられますよ」

「……誤解だとは、わかった。しかし、あの二人が並んでいる姿を見て、【エマ】と気軽に呼んでいるその様を見たあの瞬間《しゅんかん》に……、お似合いだと、彼女にふさわしいのは彼のような人間だと、痛感してしまったんだ」

しばしの沈黙《ちんもく》の後、静かな声でそう言ったルースを、老執事はいたましいものを見る目で見つめる。

「私が持っているのと同等かそれ以上の地位と財の人間など、いくらでも……というわけではない自覚はさすがにあるが、それでもこの国にだって幾人もいる。その上で優《すぐ》れた色の人物だって、彼女だったら魅了《みりょう》するだろう」

なにか反論しようとするように口を開いた老執事を視線で制し、ルースは暗い表情で続ける。

「エマニュエルは色は関係ないと言うが、世間のあたりや子孫のことを考えれば、見た目が良いに越《こ》したことはない。それは事実だろう？　私のような人物が彼女の傍《そば》にいることは、マイナスにしかならない。彼女にふさわしいのは、彼女をしあわせにできるのは、容姿もなにもかも優れた人物で……」

「エマニュエル様のしあわせを、勝手に判断なさらないでください」

瞬間、バン、と荒々《あらあら》しい音で扉《とびら》をあけ放ちながら、リリーリアがそう割り込んだ。

その背後には、オロオロとした様子のカランシアが付き従っている。

ルースから、いるはずのない人物がここにいる事態の説明を求める視線を受けた老執事は、しれっとした表情で告げる。

「誤解を与《あた》えてしまった件について謝罪をしたいとの申し出がありましたので、私がお連れしました。ルース様はエマニュエル様については『危険の多いこちらには決して立ち入らせないように』と厳命なさいましたが、この両名については特に言及《げんきゅう》されておりませんでしたから」

「聞き耳を立てるような真似《まね》をしてしまったことについても、合わせて謝罪させていただきます」

謝罪の気持ちなど感じられないような淡々とした声音でそう述べ深く頭を下げたリリーリアに続き、カランシアも頭を下げる。

「申し訳ありません。なにもかも、軽率でした。とにかく逃げられる前にリリーリアさんのもとへ、と考えただけなのですが、領主様へのご挨拶《あいさつ》の前に、夫人のもとへはせ参じたかたちになってしまい……」

「ああ、いや、謝罪は不要だ。今のことについても、特段人《ひと》ばらいをしていたわけでもない。それにその、今二人が並んでいる様子を見ても、君たちこそが気持ちを通じ合わせているのだろうとわかる」

そんなルースの言葉に、ちらりと視線を上げたリリーリアとカランシアは、そのまま揃《そろ》って面《おもて》を上げた。

「というか、実際にグラジオラス殿《どの》が彼女の恋人だとしても……」

「やめてくださいありえません」

ルースの言葉を遮《さえぎ》り心底嫌《いや》そうな声音でカランシアがそう言うと、ルースは不快そうに眉根《まゆね》を寄せる。

「それはエマニュエルに対する侮辱《ぶじょく》か？　彼女ほど美しく善良でこの上なく魅力的な人物の恋人と見られることを、そんな風に嫌がられる理由などないはずだが」

「めんどくさい人だな……。……ああ、いえ、なんでもありません。美しい美しくないの問題ではなく、人妻の恋人なんてものは、大概不名誉《たいがいふめいよ》な立場でしょう。そもそも、俺はリリーリアさん以外に興味はありません」

「カランシアは、ものすごく趣味《しゅみ》が悪いんです」

「心外だな。俺だけではなく、グラジオラス一門もみな、全力であごを殴《なぐ》りつけても相手の脳を揺《ゆ》らすこともできない細腕《ほそうで》の貴婦人よりは、リリーリアさんを評価するはずだ。そして俺は、そこに至るまでの努力を見ているうちに、あなたに惚《ほ》れた」

「……きっと、脳まで筋肉でできているのでしょうね。要するに、エマニュエル様の魅力の問題ではなく、コレの感性がへんてこなんですよ」

「そんなことはないと思うんだが……。まあとにかく、俺は俺の婚約者《こんやく》以外の恋人などと思われるのは心外だと申し上げたいのです」

リリーリアに時折まぜっかえされながらも、カランシアはルースにそう訴《うった》えた。

ルースは表情を柔《やわ》らげ、うなずく。

「ああ、むしろすまなかった。仮定の話にしても、ずいぶん失礼なことを言ってしまったな。……君たちは、本当に思い合っているんだな」

実に息のあったやりとりをしたリリーリアとカランシアを、ルースはそう言って眩《まぶ》しいものを見るような目で見つめた。

その視線に居心地《いごこち》の悪さを感じたらしいリリーリアは、わずかに頬《ほお》を朱《しゅ》に染めながら、エマニュエルが『小さくて桜色でかわいらしいのに、開くと辛辣《しんらつ》な言葉しか出てこない』と評した唇《くちびる》を開く。

「コレは少女っぽい見た目につられるような変態なので、私こそが愛《いと》おしく他《ほか》に興味は湧《わ》かないらしく、近衛騎士《このえきし》の地位を捨ててまで追いかけてきたほどです」

「み、見た目につられたというわけでは……！　……いや、あるのか？　実際、リリーリアさんのことをこの上なく魅力的だと思っているわけだからな……。……いや、しかしリリーリアさん以外の少女めいた容姿の人物にも少女にも興味はないし……」

ぶつぶつとそんなことを言いながら考え込み始めたカランシアをさらっと無視しながら、リリーリアは続ける。

「こいつにとっては、近衛騎士としての王都での華々《はなばな》しい活躍《かつやく》よりも、それに付随《ふずい》する美しいお嬢《じょう》さん方との縁《えん》付きよりも、……私といることの方が、しあわせなんだそうです。

だから、ここまで追いかけてきたとか。エマニュエル様でも誰《だれ》でもない、私を追いかけて」

「ええ、俺のしあわせは、リリーリアさんと共にあることです」

「もう少しそっちで考え込んでなさい変態」

割り込んできたカランシアを、照れをごまかすためか過剰《かじょう》なほどに冷たいまなざしと辛辣な言葉で切り捨てたリリーリアは、こほんとひとつ咳払《せきばら》いをしてからルースに向き直る。

「……失礼しました。私が申し上げたいのは、エマニュエル様も同じ、ということです。あの方は、一般《いっぱん》的なしあわせになんて興味ありません。もし興味があるなら、公爵《こうしゃく》家の権力を使ってでも王を脅《おど》してでも、それこそ、あなた様と仮面夫婦《ふうふ》となった上であなた様を利用してでも、あの方ならどんなしあわせでも手にできたでしょう」

「だからこそ、自分は彼女の邪魔《じゃま》をしないよう、ここにいるべきだと……」

「それで手に入るのかもしれない世間のいう即物《そくぶつ》的でわかりやすい幸福なんか、それを幸福と思える心がなければ、なんの意味もないんですよ。少なくともエマニュエル様は、そんなもの望んでおられません。でなければ、あなた様の不在にあれほど憔悴《しょうすい》することも、それを見かねた私どもがこうして動くことも、ありませんから」

ルースの後ろ向きな言葉を遮って、リリーリアはそう断言した。

カランシアと老執事《しつじ》、エマニュエルの様子を直接見聞きした二人は、それに同意をするように真剣《しんけん》な表情でうなずいている。

考え込み始めたルースに向かい、リリーリアは淡々《たんたん》と言葉を重ねていく。

「ご存じの通り、エマニュエル様はあの美貌《びぼう》と魔力を兼《か》ね備《そな》え、血統も受けた教育も人柄《ひとがら》もケチの付け所などなく、その上王家と女神《めがみ》のいとし子はあの方に負い目があります。どのような幸福だって、望めば手にすることができるでしょう。わざわざ辺境まで嫁《とつ》いでくる必要なんて、ないままに。けれどあのお方は、あなた様を選び、望んでいるのです。あなた様と共にあることが、エマニュエル様にとってのしあわせなのでしょう」

反論も思いつかないのか黙《だま》り込み、けれどその瞳《ひとみ》に迷いの中にも希望を宿しつつあるルースにふっと微笑《ほほえ》んで、老執事は告げる。

「正直、奥様のことがあってからは特に神殿《しんでん》のことはあまり好きではないのですが、それでもあの愛をなによりも尊び、感情面での幸福を重んじる姿勢は、悪くないと思います。心なんてのは、己《おのれ》だけのものです。誰に何を言われようと、変えることはできません。いい加減、奥様の愛を、信じてさしあげたらどうです？　それでどんなことになったって、奥様の望みが叶《かな》うのだから、ルース様も本望《ほんもう》でしょう？」

「どんなことになったってだなんて、執事さんこそ割と信じてないじゃないですか。まあ、世間の風当たりにさらされるうちに、決意が鈍《にぶ》ることはやっぱりあるんじゃないかな、とは、私自身、思わなくもないですけど……」

リリーリアの、美しい人の手を取った色素の薄《うす》いブスとしての言葉に、カランシアは不満足そうに唇を尖《とが》らせたが、それにふっと微笑んで、リリーリアは続ける。

「でもいつかカランシアが心変わりをしたところで、私の今感じているしあわせは変わりません。思い出をもらえるだけでも、私たちみたいなのには十分すぎるでしょう。辺境伯《はく》様も、ぐずぐずしてないでさっさと観念して、早めに今ある幸福を思いっきりかみしめた方がいいですよ」

「俺は永遠の愛を誓《ちか》っているのだが……。いや、騎士という職務の都合上、早世の可能性は否定できないか……。……なんにせよ、今の幸福から逃《に》げるなんてもったいないので、ちゃんと正面から受け止めてしっかり堪能《たんのう》した方がいいというのは、俺も思います」

後半はルースに向けたカランシアの言葉に、ルースはとうとう吹《ふ》っ切れたような笑《え》みを浮《う》かべ、ひとつ、うなずく。

「……ああ、そうだな。……エマニュエルに、明日《あした》にはここを発《た》つ、と、伝えて欲しい」

ルースが胸元《むなもと》を見つめ、エマニュエルから贈《おく》られたブラックオパールに捧《ささ》げるように告げたようやくの前向きな言葉に、老執事とリリーリアとカランシアはほっとしたようにうなずいた。

けれどこの伝言をエマニュエルに伝えることは、誰にも、永久に、できないままだった。

「夕方、確か一六時ごろですね。エマニュエル様が寝室《しんしつ》外の廊下《ろうか》に出てこられ、そこに控《ひか》えていた私どもに夕飯は不要と伝えられました。体調について伺《うかが》うと、『少し昼を食べ過ぎてしまっただけだから』とおっしゃっておりましたね。了承《りょうしょう》するとすぐに、寝室に戻《もど》っていかれました。そこまでは間違《まちが》いなく、ご無事、だったと思います」

「あの日はリリーリアさんがまだ戻らず、他の者はしばらく部屋には入らないで欲しいとエマニュエル様がおっしゃっていたので、それからの部屋の中の様子はわかりません。ただ、屋敷《やしき》、それも一番奥深くにある奥様の部屋へ、外部の者が侵入《しんにゅう》したような形跡《けいせき》はないように思います」

「我々護衛はずっと交代で外に控えておりました。庭も警備が巡回《じゅんかい》しております。自分は扉《とびら》の外にいたのですが、二三時ごろですね、ふと、なんだか嫌な感じがしたというか、変に静かすぎるように思いまして。一度扉の外から奥様にお声がけをしましたが返事がなく、かなり強めに扉をたたいたのですが、それが響《ひび》かなかったことで、音を遮る魔法が使用されていたと確信しました」

「奥様が安眠《あんみん》のために魔法を用いた可能性も考慮《こうりょ》して、部屋に最初に入ったのは、私たちメイド二名です。……エマニュエル様が床《ゆか》に倒《たお》れ伏《ふ》し、血にまみれ、意識を失っておられるのを、発見いたしました」

「すぐに大きな騒《さわ》ぎになりましたが、よくよく見れば奥様に外傷はなく、ただ眠《ねむ》っておられるように見えました。ただ、そのときほんのりと桃色《ももいろ》の光を奥様がまとっているように私には見えたのですが、部屋の明かりをともした瞬間《しゅんかん》には消えていて、他の者はそんなものは見なかったと言っており、見間違い、だったのでしょうか……」

「騎士の中に治癒《ちゆ》魔法の使い手がおりましたので急ぎその者を、次いで神殿から高位の神官を呼び奥様を診《み》てもらいましたが、両名ともに奥様は体に悪い部分はなく眠っておられるだけとの診断《しんだん》を下しました。ただ、いくら呼びかけても、意識が、戻られません」


エマニュエルが倒れたとの知らせを受け取ったルースは、単身闇夜《やみよ》の中に馬を駆《か》けさせ、馬車で戻る途中《とちゅう》であった老執事、リリーリア、カランシアを僅差《きんさ》で追い抜《ぬ》いた。

エマニュエルが意識を失った翌日、皆《みな》が揃《そろ》った屋敷の中、血で汚《よご》れ、また中を検《あらた》める際に鍵《かぎ》を破壊《はかい》されたために使用できない状態の自室から運び込まれた彼女の眠る、ルースの寝室にて。

屋敷にいた者たちの報告を受けたルースは、沈痛《ちんつう》な面持《おもも》ちで三人と情報の共有と整理を行っていた。

「おそらく、エマニュエル様は一度、死にかけておられますね。ドレスと部屋に残っていた血痕《けっこん》から見て、首の太い血管を、掻《か》っ切られているかと」

一度、エマニュエルが死にかけた。

リリーリアの出したその衝撃《しょうげき》的な結論に、残る三人は愕然《がくぜん》とした。

けれど同時に現在眠る彼女には外傷がないこととの矛盾《むじゅん》に気づいたルースだけは、顔色を悪くしながらも、尋《たず》ねる。

「今、彼女に傷がないように見えるのは、エマニュエル自身が治療《ちりょう》した、ということだろうか？」

「いえ、桃色の光の目撃情報もありますし、あの桃色娘《むすめ》、失礼、ディルナ・ラークスパー男爵令嬢《れいじょう》様……、ああ、王太子との結婚《けっこん》のために、今はどこぞの侯爵《こうしゃく》家の養女になったのでしたっけ？　まあとにかく、女神のいとし子の祝福が発動した、のかと」

「祝福、とは……？」

「ああ、カランシアは知りませんでしたか。エマニュエル様は祝福を受けているので、殺しても死なないんですよ。自動で回復します。現在は体を回復させるための深い眠りについている状態かと」

リリーリアの言葉に、情報を知ってはいたものの信仰の薄さもありあまり信じてはいなかったルースと老執事、初めて知ったカランシアは、揃って感嘆《かんたん》と安堵《あんど》のため息を漏《も》らした。

「ただし、このまま放っておいては目覚めません。愛し合う者からのキスが必要です」

けれど続いて、愛し合う者と目されるルースにまっすぐに視線をやりながら、リリーリアはそう断言した。

当のルースはすっと視線を逸《そ》らし、諦《あきら》め悪くリリーリアに食い下がる。

「確かにそう聞いてはいるが……、それは事実なのか？　意識のない者に口づけなど、紳《しん》士《し》のふるまいとは言い難い。確信もなく行うには抵抗《ていこう》があるというか、あまりに突拍子《とっぴょうし》もないというか……」

「桃色の光は消えたとのことですし、おそらく既《すで》に回復はし切っているのでしょうが、エマニュエル様は目覚めておりません。聞いている通りにすべきかと。そもそも、桃色娘の親玉は、愛の女神ですよ？　なんだって【愛の力】で済ませるんです、やっとその関係者どもは。女神の言い分としては、愛し合う者のいない世界に生き返ったって意味なんかないんだそうで」

「実に愛の女神的理論だな……！」

そう呻《うめ》いて頭を抱《かか》えたルースを、リリーリアは鼻で笑った。

「それ、エマニュエル様も同じことをおっしゃってましたねぇ。さて、そんなわけで辺境伯様はさっさとエマニュエル様にキスを、と、申し上げたいところですが……」

そこで言葉を区切ったリリーリアをふしぎそうに見るルースに、リリーリアはため息を吐《つ》く。

「まずは、なぜ、このような状態になったのかの調査が必要でしょう。エマニュエル様は何者かに襲《おそ》われたのか……、あるいは、自殺を図《はか》った、のか。原因がわからなければ、すぐに目覚めさせることが正しいのか、いえ、目覚めさせることができるのかどうかも、わかりません」

リリーリアの厳しい言葉に、その場の空気が凍《こお》った。

それを意に介《かい》した風もなく、彼女は淡々《たんたん》と推測を並べていく。

「もし自殺であれば、辺境伯様への恋《こい》に絶望したことくらいしか、原因が思いつきません。その愛は、既に砕《くだ》けている可能性もあります。そうすれば、あなたではエマニュエル様を目覚めさせることは叶《かな》わないでしょう」

「そ、んな……」

顔色を悪くさせたルースをきつく睨《にら》みつけ、リリーリアは続ける。

「さっさと観念しておけばよかったんですよ。……まあ、愛の女神《めがみ》が言う愛が、家族愛で良《い》い可能性もあります。あなたでダメだった場合に備え、公爵夫人にこちらに来ていただいておいた方がいいと思います」

リリーリアは絶句しうつむいたルースからふいと視線を外し、今度はカランシアを見つめた。

「カランシア、急ぎ公爵家に連絡《れんらく》を。エマニュエル様が死にかけた原因が外敵であった場合、死んでいないことを知られるのはマズイでしょう。でも無駄《むだ》に魔力《まりょく》を持て余しているあなたなら、隠《いん》ぺいを行いながら手紙を飛ばす程度のこと、楽にできるでしょう？」

指示を受けたカランシアはすぐにうなずくと、公爵夫人へ送る手紙をしたため始める。

「ルース様、絶望している場合ではございません。お気を確かに。もし外敵が原因だった場合、その排除《はいじょ》を速《すみ》やかに行わなければ。ルース様とリリーリアさん、実力者であるお二方の不在に起きた出来事です。警護に抜けがあった、とは思いたくありませんが、強く否定ができない部分もあります」

老執事《しつじ》はなんとかルースを励《はげ》まそうと声をかけるが、リリーリアは皮肉げな笑《え》みを浮《う》かべる。

「エマニュエル様の寝室に、何者かが侵入した形跡はありませんでしたがね。外には護衛がいたわけですし。それとも、誰《だれ》にも気づかれずにあの部屋に入る方法が、なにかあるのですか？」

「それは……」

「ある」

「え、あるんですか？」

言葉に詰《つ》まった老執事を引き継《つ》いでルースが断言すると、リリーリアは驚《おどろ》いたように目をぱちくりとさせた。

「エマニュエルに使ってもらっていたのは、この屋敷《やしき》の主寝室《しゅしんしつ》、歴代の辺境伯《はく》家当主夫婦《ふうふ》の部屋だ。有事の際のための隠《かく》し通路がある。そこを利用すれば、誰にも気づかれずにエマニュエルの部屋へ侵入《しんにゅう》することは可能だ」

「そ、それはそうですが、けれどあの通路は存在自体が秘匿《ひとく》されている上に、道順を知っているのも開けることができるのも、歴代の当主ご夫妻だけで……」

どんどんと暴露《ばくろ》していくルースを止めようと老執事は反論した。

けれどそれを逆に遮《さえぎ》って、ルースは続ける。

「ああそうだ。つまり、今存命の者の中では、私と父、エマニュエルと……、私の母、だ」

「まさか、先代の奥様は、この家とは離縁《りえん》した身です！　当然、お父君が魔力の登録を消していると……」

「私もそう思う。しかし、道を知っているのは事実だ。それに、この家をあれほど嫌悪《けんお》していた母が戻《もど》ってくるわけはないと考えていたのか……、……あるいは、いつかここに戻ってきてほしい、と、願っていたのか。父がアレが開けられるままにしておいた可能性は、私には否定できない」

「そうは言いましても……」

食い下がる老執事の肩《かた》を叩《たた》いて止めたリリーリアは、まっすぐにルースに告げる。

「登録云々《うんぬん》は置いておきましょう。母君とやらがそんなことをするのかどうかも知ったことではありません。道がある限り、誰かが力ずくで突破した可能性だってあります。とにかく、まずはその通路が使われたかどうかを確認《かくにん》すべきでは？」

「そうだな。なにか痕跡《こんせき》が残っている可能性がある。まずはエマニュエルの部屋を調査しよう」

「……でしたら私はその先、通路の出口側を確認して参ります」

「私はエマニュエル様のお部屋に同行させてください。私物が荒《あ》らされていないかは、私が一番よくわかります。カランシア、あなたはここに残ってそのまま公爵夫人への連絡を終えなさい。そして、エマニュエル様の御身《おんみ》は、命に替《か》えても護《まも》るように」

立ち上がったルースの背を老執事とともに追いかけながら、リリーリアはカランシアに命じた。

彼女が何よりも敬愛する主《あるじ》を任された信頼《しんらい》に感動を覚えながらうなずいたカランシアと、眠《ねむ》り続けるエマニュエルを残し、三人はそれぞれ調査へと向かう。

うーん、自殺じゃないんだけど……。

ルース様が言っていた通り隠し通路から賊《ぞく》が侵入してきて、私を殺そうとしたのだ。

ルース様のことは変わらず愛しているから、さっさとキスしてくれたらそれで私の目は覚める。

そうすれば、犯人のこともすべて証言できるのになぁ……。

……目は覚める、はず、だよね？　ルース様は私のことを、愛してくれている、のよね？

カランシアとリリーリアは、ルース様の誤解を無事に解いてくれたのだろうか……。

いや誤解が解けたとしても、一度私が軽率《けいそつ》な言動で、ルース様を思い切り傷つけてしまった事実は変わらない。直接の謝罪も、できないままだ。

もう、嫌《きら》われてしまったかもしれない。

そしたら、私は……、ああ、いやでも確かに女神様のお考えの通り、愛し合う人のいない世界に生き返ったって意味なんてないなぁ。母の家族愛に期待をするよりは、彼でダメならダメと思おう。

まあ、ルース様の愛に対する疑問はリリーリアもルース様自身も特に言及《げんきゅう》していなかったし、きっと、大丈夫《だいじょうぶ》。

今はとにかく、私は彼のことを信じて、待とう。待つことしかできないとも言うけど。

肉体は眠ったままなのに意識だけ目覚めているというなんとも気持ちの悪い仮死状態のエマニュエルすなわち私は、こうなった原因、私が殺されかけた昨日の深夜のことを思い返す。

夕方に夕飯を断った後、自室に戻った私はソファでぼーっとするままに、ドレスから着《き》替《が》えることも忘れて、うたたねをしてしまったようだった。

ハッと気が付いたときには、夜も更《ふ》けていた。

いつの間にか部屋のランプがおそらくは燃料切れで消えていたこともあり、すっかりと暗くなった部屋の中、軋《きし》む体をぐーっと伸《の》ばしているところに、そいつらはやってきた。

一度だけルース様に見せてもらった後は、特に活用することもなく存在すら忘れかけていた、隠し通路。

その鍵《かぎ》の役目を果たす壁飾《かべかざ》りがぽうと光ると音もなくその横の壁が動き、人一人が通れるほどの隙間《すきま》が、開かれた。

次の瞬間《しゅんかん》、おそらく魔法か魔道具で生み出されたのであろう煙《けむり》がそこから寝室内に流れ出て、ぶわりと部屋中に広がっていく。

くらりと意識を奪《うば》われそうになるにおいと、濃《こ》い闇《やみ》の魔力の気配。

反射的に防ごうと障壁《しょうへき》を組むことを試みたが、寝起《ねお》きのぼんやりとした頭と、ここ数日弱っていた体はうまく動いてくれなかった。

あ、ダメだ。これ、息を止めていても、この煙に触《ふ》れた手足の力すら奪われているような気配がする。

「ぅ、くっ……！」

それでもどうにかひねり出したささやかな抵抗《ていこう》と、自前の高魔力《まりょく》が自動で防いでくれたらしい分があり、意識を保つことにはなんとか成功した。

しかし手足からは力が抜《ぬ》けきってしまい、私は再びソファへと沈《しず》む。

突然《とつぜん》の異常事態に焦《あせ》る私を尻目《しりめ》に、ゆっくりゆっくりと、解《ほど》けるように消えていく煙。

カツン
硬質《こうしつ》な靴《くつ》の音が、いやに響《ひび》いて聞こえた。それに続く、足音を殺し切れていない幾人《いくにん》かの気配。

誰か、それも複数人が、この部屋へとやってくる。この屋敷の、歴代の当主夫妻しか知らないはずの、隠し通路を通って。

やがて現れたのは、四、五……？　私が見える範囲《はんい》に立っているのは五人の、皆《みな》背は高く体格がよさそうだが男性とは断言できない、体の線がわかりにくいローブを着用し、顔を隠した集団。先頭の一人が、ランプを持っている。

そして集団の中心に守られるように立つのは、露出《ろしゅつ》度の高い派手なドレスを身にまとい、おそらく先ほど響いた靴音の原因であるハイヒールを履《は》いた――、

「うっわすごい迫力《はくりょく》美人。ハリウッド女優か？」

その女性を見た瞬間、色々と重なりどうやら混乱していたらしい私は、ぱっと脳に浮《う》かんだ言葉を、そのままぽろりと口から漏《も》らしていた。

前世知識を言葉にするべきではないという常識も、長年の猫《ねこ》かぶりで染《し》みついたはずの公爵令嬢《こうしゃくれいじょう》らしさも、すっかり抜け落ちたままに。

「は？　コイツなに言ってんの？　ってか、なんで喋《しゃべ》れているのよ」

中心の女性は苛立《いらだ》たしげにそう言うと、彼女の目の前の人物の腿《もも》の辺りを蹴《け》りつけた。

蹴られた人物はぺこぺこと頭を下げているが、言葉を発しない。周囲の人間も一様に沈《ちん》黙《もく》していることから、集団は私に声を聞かれることを警戒《けいかい》しているのかもしれない。

それにしても、この美人になら蹴られるのもご褒美《ほうび》なのかもなと思うほどに、めっちゃくちゃ美しいな。

年の頃《ころ》は三〇代、もしかすると四〇くらい。手足が長く、髪《かみ》は紫《むらさき》で瞳《ひとみ》は瑠璃色《るりいろ》。下品にもなりかねない派手なドレスと装飾品《そうしょく》を纏《まと》っているのに、圧倒《あっとう》的なスタイルの良さとため息が出るほど整った顔立ちが、それらを彼女の美貌《びぼう》の引き立て役でしかなくさせている。

ちょっとサディスティックな感じも様になっている。ヴィラン的魅力《みりょく》とでもいうか。

ああいや、見惚《みと》れている場合じゃない。相手はおそらく私に敵意のある侵入者だ。

「私、闇の魔法が得意ですの。魔法は、術者より格上の相手には通りにくいものでございましょう？」

「ちっ、つくづく嫌《いや》な女ね」

私が気を引き締めきちんと猫をかぶり直し、正直やられかけていることなんて悟《さと》られないようできるだけ余裕《よゆう》そうに挑発《ちょうはつ》すれば、美人が心底嫌そうに舌打ちをした。

「あなたとは初対面かと存じますが……、そうとまで言われるほどのかかわりが、過去にありましたでしょうか？」

いや絶対ないけど。一回だって会ったら忘れないわ、こんな美人。

そう思いながらも慎重《しんちょう》に問うと、美人はふんと鼻を鳴らした。

「直接の知り合いではないわ。あんたが、私の産み落とした過去の汚点《おてん》を、ずいぶんとかわいがってくれているようだから」

「過去の汚点……？」

曖昧過ぎる表現に私が首を傾げると、それを忌ま忌まし気に睨みつけながら、彼女は吐き捨てるように言う。

「こう言えばわかるかしら？　ここ、元々私の部屋だったの。ずっと昔に出て行ってやったけど、【道】は変わらず使えたわね」

「ま、まさか、お義母様《かあさま》、ですか……!?」

「あなたに母と呼ばれる筋合いはないわ」

おお、実に姑《しゅうとめ》っぽいことを言われてしまった。いや実際、姑なのだろうけど。この美女はおそらくルース様の産みの母、先代辺境伯《はく》の元妻だ。

私だって事前情報だけならクソババアとでも言ってやりたかった相手だけど、なるほどルース様のお母様だと思わせるほどの迫力ある美貌のせいで、思わずお義母様とか言ってしまった……。

よくよく考えたら彼女の髪の紫色はそれほど濃くはないので、この世界的にはまあそこそこくらいのルックスかつほどほどに水と炎《ほのお》が操《あやつ》れる魔法使いだろうと推測されるが、この顔の人をクソババアと呼ぶ勇気は私にはない。

ルース様の年齢《ねんれい》から考えて、おそらくは四〇なんてとうに過ぎてる可能性が高いが、嘘《うそ》でもババアとすら言えない。

「まあ、認めたくはないことではあるけど確かに、私はあの失敗作、色なしの辺境伯の母親よ」

しかし、吐き出す言葉は、間違《まちが》いなくクソババアだ。

「仮にも母である人が、かわいい我が子を失敗作呼ばわりだなんて……、心底軽蔑《けいべつ》いたしますわ」

私がきつく彼女を睨みながらそう言っても、美女はそれを鼻で笑う。

「私の親が金と権力におもねって差し出した先の、少しも愛《いと》しくない、どころかひたすら気持ち悪いとしか思えなかった男に生まされた子だもの。私が望んだ存在じゃないわ」

「貴族の子女であれば、政略結婚《けっこん》など当然のことだと思いますが。その相手がどのような方でも、敬意を持って親愛を育《はぐく》み、パートナーとして支え合える関係を構築すべきかと」

「あーあーいかにも優等生ですこと。だから大っ嫌《きら》いなのよ、あんた。さすがアレとうまくやっているだけのことはあるわ」

心底嫌そうにそう吐き出した彼女に、私はまっすぐに反論する。

「いえ、ルースとのことに関しては、義務とかしがらみとか関係なくただ彼のことが愛しいから結婚したまでです」

王太子殿下《でんか》の婚約者をしていた時は、さっき口にしたような考えから、トキメキとかはなくても仕事として仕えるつもりでいたけれど。

「あ、あんた、ずいぶん変わった趣味《しゅみ》をしているのね。街の人間が噂《うわさ》していた通り、本当にあんなのと相思相愛なの……？　そういえば、さっき私のことも美人とか言ってなかった……？」

嘘偽《うそいつわ》りなど一つもない私のまなざしにひるんだかのように、美女はひきつった笑《え》みでそう言った。

「ええ。あなたは美人だと思います。性格は最悪ですけど、それすらも危険な魅力に変えてしまうくらい素晴《すば》らしい顔面とプロポーションをお持ちですから」

「……な、なんなのよコイツ。私、自分で言うのも悲しいけれど、どう見たってそこそこの外見なのに……。こんな完璧《かんぺき》な美貌の人間にそんなこと言われたって嫌《いや》みでしかないわ……」

せっかく素直に褒《ほ》めたのに、美女はむしろますますわけが分からなくておそろしいとばかりに、一歩後ずさってしまった。

そんな彼女の背を支えるように、集団の中の一人がそっと手を添《そ》えた。

彼女は気を取り直すように頭《かぶり》を振《ふ》ると、背筋を伸《の》ばして私に問う。

「ああ、いえ、あんたが変だとかは今はどうでもいいのよ。とにかく、アレと結婚できるような人間に、生きていてもらうわけにはいかないの。……一応訊《き》くけれど、あなた、私が手引きをしてあげると言っても、他《ほか》のもっとまともな相手、そう例えば黒髪の近衛騎士《このえきし》とかとどこか遠くで生きていくつもりは、ないのよね？」

「ありませんわ。私は、ルースに生涯《しょうがい》変わらぬ愛を誓《ちか》っております」

「……そう、残念ね」

私の返答を聞いた美女がそう呟《つぶや》いた瞬間《しゅんかん》、集団の中から炎の矢が飛ばされた。

「どうして、私が生きていてはいけないのでしょう？　この屋敷《やしき》この部屋に戻《もど》りたい、とかではないですよね？」

「なんでこの距離《きょり》で当たらないのよ！　私がこの家に戻る⁉︎　冗談《じょうだん》じゃないわ！」

「私、この色ですのよ？　格下の魔《ま》法《ほう》使いの魔法を乗っ取って逸《そ》らす程度のこと、できないわけがございませんでしょう。この家に戻る気はないのであれば、なぜ私の排除《はいじょ》などしますの？　もはや関係ないのではなくて？」

矢《や》継《つ》ぎ早に撃《う》ち込まれる魔法をやり過ごしながら、私は問うた。

「アレはね、どうしようもない出来損《できそこ》ないではあるけれど、金を稼《かせ》ぐ能力だけはあるの。ここの領主が相手をするような大物の魔獣《まじゅう》は、高く売れるから。アレの父親も、金払《ばら》いだけはよかったわ。けれどアレはあの姿、きっと生涯結婚も子をなすこともできないまま、力が衰《おとろ》えた時にでもきっと不慮《ふりょ》の事故で死ぬ。そうすれば、アレが蓄《たくわ》えた財産は、母である私のものでしょ？」

「確かにこの地は危険が多いようではありますが、ルースを早死になんてさせませんわ。

私どもが護ります。あなた、どれだけ長生きするですの？」

あまりに身勝手な言い分にあきれてしまった私は、ため息交じりにそう尋ねた。

いや、この美女はルース様と同世代と言われても納得する若々しさだが、実年齢はそんなわけはない。子より長生きするつもりだなんて……。

ところが、私のあきれの視線の先で、彼女はにやりと勝ち気に笑った。

「私にはね、ちゃんと愛する人との間にできた子どもがいるの。アレにとっては異父弟になるわね。アレが独身のまま死ねば、あの子にはその財産を受け継《つ》ぐ権利がある。だから困るのよ、アレを受け入れられる妻とか。まして、子どもなんてできたらもう最悪」

「ああ、そういうことですの……」

「わかったら、さっさと観念なさい！　さっきから反撃《はんげき》はできていないし、動くのは達者なその口ばかり。この人数相手に勝ち目はないでしょ！」

……バレたか。

そう。何度も動かそうと試みているのだけれども、手足はしびれてしまったようでまったく動かない。

魔法は今のところいなせているけどいつまでできるかわからないし、まして刃物《はもの》でも出されたら、この人数を相手取って生き残れる気はしない。

さっきからこれだけ騒《さわ》いでいるのに、扉《とびら》の外にいるはずの護衛も駆《か》けつけてくれる気配がない。おそらく、そこら辺も対応されているのだろう。

入念な準備に恐《おそ》れ入る。勝ち目がないとは、事実だろう。

「……もういいわ」

やがて美女はそう言って集団の魔法を止め、ドレスのスリットからその長い脚《あし》をするりと出した。彼女の太ももに巻き付いているホルスターには、存外武骨なナイフ。

それを取り出し握《にぎ》りしめこちらに歩みを進める彼女から逃《のが》れようと身をよじってみたものの、やはりまだろくに動かない私の体は、べしゃりと床《ゆか》に滑《すべ》り落ちただけだった。

横向きに床に沈《しず》んだ体、けれど私の顔の前には、ちょうど私の左手があった。その薬指にきらりと光る、【永遠の愛の証《あかし》】。

ああそうだ、愛し合う誰《だれ》かさえいれば、私は。

「ああ、やっぱり動けないのね。……せめて一思いに殺してあげるわ、腹立たしいくらいに美しいあなた」

そう言って残虐《ざんぎゃく》な笑みを浮《う》かべながら私を蹴《け》り転がし上を向かせた彼女に、攻撃《こうげき》魔法の一発くらいは、放てる気もした。

けれど、残る五人の実力はわからない。他にもなにか、準備をしているかもしれない。

だから私は、まっすぐに振り下ろされるその刃《やいば》を、ただ受け入れることにした。

ディルナちゃんと、愛の女神《めがみ》様と、なにより、この指輪をくれた彼がきっと私を目覚めさせてくれることを信じて。

温存した魔力をささやかな呪《のろ》いに変えて、目の前の彼女に、放ちながら。

『腹立たしいくらいに美しいのは、あなたの方だと思うわ、クソババア。私、あなたに会ったら、やってやりたいことが前々からありましたの』

言ってやりたかったその言葉は、切り裂《さ》かれた喉《のど》から先には、発することができなかった。


事件の翌日、エマニュエルの寝室《しんしつ》。

清掃《せいそう》の担当者らを人ばらいした後に、調査が開始されていた。

「……今更《いまさら》ですけど、この隠《かく》し通路って、私も見て大丈夫《だいじょうぶ》なんですか？」

「エマニュエルに誰より信頼《しんらい》されているリリーリアさんなら、問題ないだろう。それに……、ああ、やはり最近ここを通った者がいるな。であるからにはここは封鎖《ふうさ》か……、まあ、なにかしらの対処をするつもりだ。現状を知る者がもう一人増えたところで同じだろう」

「なるほど。では遠慮《えんりょ》なく。……確かに、足跡《あしあと》がこんなに……。大きさからして成人男性、女性もいますかね……？」

「ああ、この辺りはヒールの細い靴《くつ》の跡に見えるな。なんにせよ、エマニュエルの自殺だった可能性は、ぐっと低くなったと言えるだろう」

ルースが開いた隠し通路の先。

普段《ふだん》は秘され利用されることはないその床にはほこりがつもり、そこにくっきりと、幾《いく》人《にん》もの足跡が残されていた。

それらを眺《なが》めながら、リリーリアとルースはそんな会話を交《か》わしていた。

おそらくはエマニュエルを殺そうとした人物たちの足跡をしばらく眺めていたリリーリアは、いつもの通りの無表情で、そっと口を開く。

「……さて、どうしてやりましょうかね」

「まあ、ただ殺すだけで済ませられるものではないな」

ひどく冷静な声音《こわね》で物騒《ぶっそう》なことを言い合ったリリーリアとルースは、さっと足跡から視線を外し、アイコンタクトを交わしうなずき合った。

「エマニュエル様であれば、司法の裁きに任せるべきとおっしゃるでしょうが……」

「ああ、それもいいんじゃないのか？」

今すぐにエマニュエルを害した存在に殴《なぐ》り込みでもかける勢いのリリーリアに対し、ルースはあっさりとそう認めた。

「は？　え、辺境伯《はく》様までそんなぬるい感じです……？」

信じられないようなものを見るように、リリーリアはまじまじとルースを見る。

「そうか？　夫で辺境伯である私、父君の公爵《こうしゃく》閣下、恩義と負い目のある国王と王太子、とどめに女神のいとし子。彼女を大切に思う人物がこれだけ中枢《ちゅうすう》に食い込んだ国家の法の裁きにゆだねるとなると……」

淡々《たんたん》と答えたルースの目に自分と同じかそれ以上の怒《いか》りと決意が潜《ひそ》んでいるのを見て取ったリリーリアは、ルースが濁《にご》した言葉の先を読み取り、うんうんと満足そうにうなずいている。

「そうですね、被害者《ひがいしゃ》の心理的負担になるようではいけませんからね。やはり国に任せましょう。……エマニュエル様の知らないところで、どんな不慮の事故や手違《てちが》いが起こるかはわかりませんけど。そんなのは知ったことではありませんから」

後半ぼそりとリリーリアが付け足した言葉に、ルースもしっかりとうなずいた。

「さて、この道を使われたことが判明した以上、ここを知る関係者すべてに話を聞くだけの理由にはなるだろう。まずは……」

「待ってください辺境伯様。なにか、来ます」

「……！」

近寄ってくるなにかの物音に最初に気づいたリリーリアがルースの言葉を遮《さえぎ》り忠告し、それを受け気配を探《さぐ》ったルースもそれに気づき表情を変えた。

コッ、カッ、カツカツカッカッ
苛立《いらだ》っているかのように荒《あら》く間隔《かんかく》の短い足音が、隠し通路の先から響《ひび》く。

隠す気すらもなさそうな妙《みょう》に堂々としたそれに二人はいぶかし気な表情をしつつも、ルースは剣《けん》を、リリーリアは拳《こぶし》を構えて油断なく待ち構える。

「お前、いったい私になにをしたっ！」

やがて現れた人物がそう叫《さけ》びながら放った炎《ほのお》の矢を、ルースは斬撃で打ち消しつつ、首をひねった。

「なにをと言われても……、そもそもあなたは誰だ？」

「もしや、コレは辺境伯様の母とかいう人じゃないですか？　ここを通って来たわけですし。それにお二人、お顔立ちに似ているところがなくなくなくもない気がしますし」

「しかし、その人の髪《かみ》は紫《むらさき》だと聞いているんだが……」

「お前がなにかしたに決まってる！　わ、私の髪、髪が……。……ああ！　これではまるで、お前じゃないか！」

余裕《よゆう》すら感じるようなのんびりとした調子で現れた人物の正体を推測しあうリリーリアとルースの声をかき消す勢いで、ひどく取り乱した様子の【白髪《しらが》の女】は髪を掻《か》きむしりながら叫んだ。

「あ、わかりました。辺境伯様、こいつがエマニュエル様を襲《おそ》った犯人です。あなたの母かどうかは後で確認《かくにん》するとして、とりあえずとっ捕《つか》まえましょう」

一人納得《なっとく》したようにリリーリアがそう言うと、ルースの雰囲気《ふんいき》ががらりと変わった。

すっと目を細め剣を構え直したルースの剣呑《けんのん》な雰囲気に、女はヒュッと息を呑《の》む。

「ま、待て。待って。な、なにを根拠《こんきょ》に……」

「ソレ、エマニュエル様のオリジナルの呪いなんですよ。あはははははっ！　ざまあみろ！」

そのうち髪そのものも抜《ぬ》けるらしいですよ。まだ髪の色だけみたいですが、エマニュエルに呪われた、

「リリーリアさんでも、そんなに全力で笑うことがあるんだな……。エマニュエルに呪われた、突然《とつぜん》不法侵入《しんにゅう》をしてきた不審《ふしん》者。斬《き》らない理由はないな」

心底楽しそうに大笑いしながらリリーリアが、それに若干《じゃっかん》ひいた表情でルースが、様子は異なりながらも息のあった動きでじりじりと女との距離《きょり》を詰《つ》めていく。

「そ、そんな、術者が死んだ後に継続《けいぞく》して効果を及《およ》ぼす魔法《まほう》なんて、あるわけが……」

顔色を悪くし首を振《ふ》りながらも、女は自身の前に炎の壁《かべ》を作り出し二人との距離を保とうと試みた。

「あはは、語るに落ちてますねぇ！　あなた、なんでエマニュエル様が死んだと思ってるんです？　もう犯人確定じゃないですか！」

「エマニュエルは生きている。生きていない方がいいと言う人物がいるなら、私が全力で排除《はいじょ》する」

リリーリアは水をまとった回し蹴りで壁をかき消し、ルースがそこから踏《ふ》み込み彼の剣が女の顔面に肉薄《にくはく》する。

「ちょ、っ、とぉ！　は、母になにをするのよこの親不孝者！」

後ろに下がり剣を避《さ》け、水をひねり出し撒《ま》き散らしながら、女は叫んだ。

ルースは牽制にしかならなかったそれを、なんなく躱《かわ》す。

「やけどをするほどの温度なら水も立派な凶器《きょうき》だと思ったが、そうではなさそうだ。詠《えい》唱《しょう》なしでは大したことはできないと見える。……弱い、な。こいつだけでエマニュエルに勝てたとは思えない。リリーリアさん、今ここにいない襲撃者《しゅうげきしゃ》の方が脅威《きょうい》だ。あなたはエマニュエルのもとへ」

ルースの言葉に、怒りでか羞恥《しゅうち》でか女はカッと顔を赤く染め、リリーリアは一瞬《いっしゅん》だけ考える素《そ》振《ぶ》りを見せたが、すぐにうなずいた。

「あちらはカランシアがいるのでまず平気だとは思いますが……。かしこまりました。ご武運を」

「なんなのよあんたたち、ブサイクの分際で！」

去って行こうとするリリーリアの背中に向かってそう叫びながら、女は炎の矢を指先から放った。

けれどそれは、あっさりと途中《とちゅう》のルースの振るった剣に、かき消されてしまう。

「はっ。今やあなたの方が私たちよりよっぽど醜《みにく》いですけど？　ああ、今どんな気分か教えて下さいよ。我が主《あるじ》への土産話《みやげばなし》にするので」

ちらと視線だけで振り返り、実に嫌《いや》らしく鼻で笑いながら、リリーリアはそう言い放った。

「……っ殺す！」

「ああ残念。まともに感想を語る知性も理性もないようですね」

激高し顔を真っ赤にした女が叫ぶと、リリーリアはもう興味を失ったかのように背を向け、エマニュエルの眠《ねむ》る部屋へと駆《か》け出した。

「あちらには行かせない。あなたの相手は私だ」

リリーリアを追いかけようとした女の前にルースが立ちはだかりそう言うと、女は怒りと憎《にく》しみのこもった視線を、まっすぐにルースへと向ける。

「出来損《できそこ》ないの分際で、私を止めようと？　髪の色は奪《うば》われたけれど、私は魔力は少しも失っていないのよ」

「剣の届く距離まで寄って来た魔法使いなど、脅威でもなんでもない、ただの馬鹿《ばか》だ。あなたは先ほどから、まともに詠唱もできていないだろう。私の母という人は、ずいぶんおそろしい存在だと聞いていたんだが……」

いっそ哀《あわ》れみすらこもったまなざしで、ルースは女を見下げた。

「……っ！　まあ、ずいぶんと生意気に育ったのね！」

「そうだとすれば、きっと産みの母のせいだろうな！」

怒りのままに叫んだ女は腰《こし》に着けていた鞭《むち》に炎をまとわせ振るい、ルースはそれを剣で払《はら》った。攻撃《こうげき》ではなく距離を空けることこそが目的だったらしい女は追撃はせずに三歩下がり、ルースを睨《にら》む。

「……そして、ずいぶんとお優《やさ》しく育ったものね。あなた、防戦一方じゃない？」

女は一つ深呼吸をすると、いくぶん冷静さを取り戻《もど》した様子でそう言ってルースに微笑《ほほえ》みかけた。

ルースはなにかを考えるように視線を流すと、服の下に潜ませているブラックオパールのループタイを撫でながら、ぽつりぽつりと言葉にまとめていく。

「私の妻が、エマニュエルが、あなたの話を聞くたびに、嫁姑《よめしゅうとめ》戦争（物理）だ、と、ずいぶん楽しみにしていたんだ。ボコボコにしたい、苦しめたい、無様な泣き顔が見たいと、折に触《ふ》れリリーリアさんに語っていたそうだ。一番やってやりたかったらしい白髪の呪《のろ》いは、どうやら成功したようだが」

「なに、を……？」

女は戸惑《とまど》った様子を見せるが、ルースは意にも介《かい》さず、淡々《たんたん》と続ける。

「エマニュエルの望みは、なんだって叶《かな》えたい。私だって、彼女を害した人間など、ただ死なせるだけで済ませるつもりはない」

そう断言したルースは、ひどく冷たいまなざしで女を見る。

「痛みに苦しみ屈辱《くつじょく》にまみれ恐怖《きょうふ》に震《ふる》えありとあらゆる苦難を味わい、いっそ死にたいと望んでも救済などどこからも与《あた》えられない絶望に染まって欲しい。……女神《めがみ》のいとし子殿《どの》は、どんな瀕死《ひんし》の重傷者も癒《いや》せるそうだ」

そのまなざしと声音《こわね》の冷たさにルースの本気を感じ取り、がたがたと震え始めた女を、ルースはやはり無感動に眺《なが》めた。

「ただ、私はどうやら、手加減が苦手らしい。日頃《ひごろ》相手にしているのが魔獣《まじゅう》ばかりのせいか、人体なんて、どこを切っても死ぬビジョンしか見えない。人間は多少の出血であっさり死んでしまうからな。例えば首だが……」

ヒュッ
そんな音が先だったのか、首の皮一枚を切るかというところまで刃《やいば》が迫《せま》ったのが先だったのか。

「この細さのくせに、魔法で防御《ぼうぎょ》をすることすらできない。あっという間に刎《は》ね飛んでしまう。それじゃああなたは、何が起きたかもわからないままに絶命してしまうだろう？それでは、いけない」

ルースはそう言って剣《けん》を下げ、シャンと鞘《さや》に納めた。

離《はな》れていたはずの距離をまるで無視して、ルースがなぜか目の前にいた。そうとしか感じ取れなかった女の首は、確かに先ほど刎ね飛ばされていても不思議はない。

「あ、あ……」

今己《おのれ》の首がつながっていることが信じられないとばかりに首を押さえ、女は床《ゆか》にへたり込んだ。

そんな女を冷徹《れいてつ》に見下ろしながら、ルースは『防戦一方』の理由を、引き続き淡々と説いていく。

「だから、攻《せ》めあぐねていたんだ。どこまで手を抜けば良《い》いのか悩《なや》むほどに、あなたは弱すぎる。あなたは魔法が多少使えるのに、それに頼《たよ》ってばかりで肉体はひどく惰弱《だじゃく》だ。動きが遅《おそ》い反応が鈍《にぶ》い考えが足りない、その上覚悟《かくご》すらも感じられない。……これなら、色なしの私の方が、よほどマシだ」

ルースはそう自分で言ってから、ハッとなにかに気づいたような表情で、胸元《むなもと》のループタイの上に手を当てた。

「この対《つい》として贈《おく》った、ダイヤモンドのリング。色はなくともその輝《かがや》きを、彼女はいたく気に入っていたんだった。他《ほか》のどんなに素晴《すば》らしい、様々な色の宝石よりも。……ああ、そうだな。あなたより、私の方が優《すぐ》れている。魔力がない分重ねた努力が、確かに実になっているのだと、今、よくわかった」

その瞬間《しゅんかん》、エマニュエルが見れば黄色い歓声《かんせい》を上げそうなほどに美しい笑《え》みをふわりと浮《う》かべたルースは、一転柔《やわ》らかな声音で告げる。

「感謝するよ、母上。あなたのおかげで、よくわかった。エマニュエルの言っていた通りだ。私もそう、悪くはない」

生命の危機と、そんな場面にはふさわしくないほど穏《おだ》やかで上機嫌《じょうきげん》なルースの様子を理解できない恐怖とから逃《に》げ出そうと、女は床を這《は》うようにもがいた。

「魔力は足りなくたって、実際に辺境伯《はく》をやれているんだ。髪色《かみいろ》が自分より優れていたあなたにだって、負ける気はしない。そう、私はエマニュエルの役に立てる。やはり洗練されたやり方ではないかもしれないが、彼女はこんな自分を、望んでくれたんだ！」

歓喜《かんき》に震えながらそう言ったルースの視線の先。どうにか距離《きょり》をとろうともがき続けている女のその動きは、悲しいくらいに遅い。すべて児戯《じぎ》のようにいなされてしまった魔法にもう一度頼る気力も、彼女にはもはやない。

「もし将来生まれた子が私に似てしまい容姿が悪くとも、私やリリーリアさんのように、それ以上の武器を得ればいいと言ってやればいいんだ。腐《くさ》らず磨《みが》けば、輝けるのだと。それを認めてくれる人は、きっといるのだと。この見目でもどこまでもしあわせになる親の背中も、見せてやりたい。……だから私は、彼女と生きていくよ」

晴れやかな笑顔でそう言い切ったルースが剣を鞘ごと振《ふ》り下ろすのを、女は絶望に染まった表情で眺めることしか、できなかった。

リリーリアが戻って来て少し経《た》つが、ルース様はまだ戻らない。調査は終わったのだろうか……？

そう考えた次の瞬間、かすかな音と風の流れの変化で、私の眠るルース様の寝室《しんしつ》の扉《とびら》が開けられたことをなんとなく察する。

ほぼ同時に、私の眠るベッドのすぐ横に、おそらくは椅子《いす》を置いて座っていたリリーリアが、立ち上がったようだ。

「辺境伯様、今のところ、こちらにはまだ誰《だれ》も来ておりません」

リリーリアの言葉から判断すると、入ってきたのはルース様らしい。

「ああ。執事《しつじ》が、痕跡《こんせき》から見て襲撃者《しゅうげきしゃ》はプロだろうと言っていた。アレの周囲にここまで上手な仕事をやれる人間はいないはずだから、おそらくどこかに依頼《いらい》したのだろうとも。怒りに任せて犯行現場に戻るなんていう愚行に付き合う義理はないのだろうな。まあ、あちらから来なくとも、必ず全員捕《と》らえるが」

確かにルース様がそうおっしゃる声が、少しずつこちらに近づいて来ている。

あの人、『怒りに任せて犯行現場に戻』ってきたんだ……。私の呪いが発動して、ってことかな。

「ええ、必ず捕らえましょう。ただその手間を考えると、正直来てくれた方がよかったくらいですが……。そもそもこの屋敷《やしき》、護《まも》りが固過ぎて隠《かく》し通路でも使わなければ侵入《しんにゅう》自体困難なんですよね。……どうせ来ないなら、私もそちらに残って、あのクソアマのツラを原形なくなるまで殴《なぐ》っておけばよかったです」

!?

普段《ふだん》から毒舌《どくぜつ》なリリーリアにしてもあまりに乱暴すぎるその物言いに私はかなりぎょっとしたのだが、ルース様は気にした風もなく、迷いのない足音でこちらへとたどり着いた。

二人は私のすぐ近くに立って、会話を続ける。

「顔か……。捕縛《ほばく》の際に多少頭部に怪我《けが》をさせてしまったが、顔はわざわざ痛めつけなかったな……」

「ちっ。あのツラ、絶対エマニュエル様好きですよ。ボコボコにしておくべきです」

「アレは今は意識を失っているので騎士《きし》に身柄《みがら》を任せてきたが、もし目覚めた後にひどく暴れるようなら、顔に傷がついてしまう可能性もあるな。まあ、気を付けるように言っておこう」

苛立《いらだ》ちを隠そうともしないリリーリアと対照的に、こちらは落ち着いた声音でルース様がそう言った。……なんか、若干《じゃっかん》『気を付けるように』に妙《みょう》な含《ふく》みがあった気がしないでもないけど。

いや大丈夫《だいじょうぶ》だよね……？　傷なんかつけないように気を付けるよう言うってことだよね……？　なんならリリーリアの強襲《きょうしゅう》は止めるよ、くらいの。

仮にもルース様の母だし。あれだけ整った顔面だし。

「意識はないとのことですが、頭部以外の怪我の状態は？　どの程度痛めつけてやりました？」

そういくらか冷静な声でリリーリアが問うと、ルース様が淡々《たんたん》と答える。

「なんだか期待されているようだが……、鞘で殴って昏倒《こんとう》させただけだ。ああ、詠唱《えいしょう》をされるとやっかいだから口枷《くちかせ》はしてあるが、手荒《てあら》な拘束《こうそく》などもしていない」

「……我が主《あるじ》を殺そうとした下手人に、ずいぶんな温情ですね？」

あ。これ怒《おこ》ってるな。ものすごく静かだけどこれはけっこう怒っているときの静けさとわかるリリーリアの声音だ。

こわいような、そこまで私のことで怒ってくれていることがちょっと嬉《うれ》しいような、最後刃物《はもの》を素直に受け入れただけになんだか申し訳ないような、複雑な気分にさせられる。

「法の裁きに任せる。それで君も納得《なっとく》したはずだったと思うが」

リリーリアの怒りをいなすような冷静なルース様の声に、今度は怒りを表に出したリリーリアの声が重なる。

「それはそうですね。でも、腹立つじゃないですか……！　思わずへし折ったり引っこ抜《ぬ》いたり潰《つぶ》したり砕《くだ》いたりして当然だと思います。というか、私ならしました。あっちはこっちを殺す気で魔法《まほう》を乱発していたわけですし」

ら、乱発⁉　それなら多少荒い対処をしても正当防衛っていうか、ルース様もリリーリアも、よく無傷でいられたね⁉

……無傷なんだよね？　二人とも、そこに関しては何も言ってないし。

うう。早く目を覚ましたい。そしてルース様たちの無事を確認《かくにん》したい。

「腹が立つ、は、否定しきれないが、その点に関しては、既《すで》にエマニュエルの素晴らしい魔法が発動していた時点である程度すっきりしていたからな」

「……まあ、プライドの高そうな人でしたもんね。あの色で生きていくのは、耐《た》えられないでしょう。なにせ、色だけで我が子を捨てて行ったほどです。けれど、捨てられた側としても、なにも思うことはないんですか？」

「その点は、なにも。エマニュエルのおかげだ。あの人は私を『いらない』としたわけだが、私の女神《めがみ》エマニュエルが、私こそをと望んでくれた。彼女のくれたこの石を、思いのこもったこれを身に着けていたら、心からそう思えた。あの人のことなんて、正直もうどうでもいい」

リリーリアの意地の悪い問いにも、ルース様はふわりと、しあわせそうですらある声でそう答えた。

いったい何があったのか。あれほど頑《かたく》なだった彼が、すっかりとトラウマを乗り越《こ》えている様子に、少し戸惑《とまど》う。

「そうですか。まあ、辺境伯様がよろしいということであれば、いいでしょう。法の裁きに任せる。ええ、ええ、エマニュエル様であればそう望みますものね」

リリーリアがそう認めてくれたことに、内心ほっと息を吐《つ》く。

「いやでも、やっぱりこの手で死んだ方がマシな程度に痛めつけてやりたいですね……。そう思うのは、この方をまた守れなかった自分に対する苛立ちからの八つ当たりもあるのでしょうが……。……なんて、エマニュエル様にはとても聞かせられませんね」

「ああ、そうだな。慈悲《じひ》深い人だ。アレが痛めつけられることも、あなたが手を汚《よご》すことも、たとえ仮定でも聞けば心を痛めるだろう。私はもうどうとも思っていない相手だが、アレは一応血縁《けつえん》上は私の母だしな」

「そう、そうなんですよね。エマニュエル様のために、呑《の》み込んでおきます。エマニュエル様がお目覚めになるまでには、なんとか。この方に、汚《きたな》いことなど、見せたくも聞かせたくもないですから」

リリーリアとルース様のそんなやりとりにもほっと息を吐くと同時に、気まずさがこみ上げてくる。

ごめん二人とも、しっかりばっちり聞こえています……。

いや、私自身仮死状態ってこんなに色々聞けるものとは、思ってなかったんだけど。

体はまったく動かないし呼吸や脈動すらも私の意思や感情の影響《えいきょう》を受けてはいないのだけれど、なぜか耳は聞こえていて、こうして色々考えることはできているのだよなぁ……。

ふしぎな感じ。

ふと私の頰《ほお》にそっと触《ふ》れた少し硬《かた》い指の感触《かんしょく》が、なんとなくルース様の指っぽいとドキリとしても、私の鼓動《こどう》は、実際には一定のままだ。

「……目覚め、か……。リリーリアさん、グラジオラス殿《どの》、少し、エマニュエルと二人だけにしてもらえるだろうか」

ルース様がぽつりとそう言うと、すぐにしゃらりとリリーリアの動く気配がする。

「かしこまりました。あのクソアマの様子でも見てきますね。行きますよ、カランシア」

あ、カランシアもいたんだ⁉

退出したっぽい感じはなかったけど、あまりにずっと静かだからいなくなったかと思ってた。

気配を消すのが上手《うま》いのかな。護衛とか騎士とかのスキルなんだろうか。

私がそんなどうでもいいことを考えているうちに、部屋から人の気配が減っていく。

えっ。待って。本当に二人きり？

使用人も誰もいない、本当の本当に二人きり？

あ、ドア閉まった！　しっかりパタンって聞こえた！　完全に閉められた！

いや夫婦《ふうふ》だからいいんだけど、私何気に異性と部屋で二人きりとか初めてっていうか、ましてここルース様の寝室《しんしつ》で心の準備がもう少し……！

体は変わらずなんの反応もできないのに、私は内心パニックを起こしつつあった。

「やはりエマニュエルは美しいな……。こうして動かずにいるのを見ていると、完成された芸術品のように思えてくる。人類が到達《とうたつ》できる美の域を、超越《ちょうえつ》しているのではないか……？」

ほう、とため息交じりにルース様がそう言って、気まずさと緊張《きんちょう》が加速する。

いったいなにを言っているのだ。

私は普通《ふつう》に普通の人類だしあなたの妻だ。身近オブ身近。そんなほれぼれするようなものじゃない。

確かにこの世界では美人らしいけど、三日で見飽《みあ》きておいて欲しい。

いや私はルース様の顔を見るたびに好きな顔過ぎて見惚《みと》れているけど。それはそれとして。

「目覚めて色々な表情を浮《う》かべれば、また更《さら》なる魅力《みりょく》を発揮するのだから心臓に悪い。そう考えると、エマニュエルの姿をこんなにじっくりと眺《なが》め落ち着いて相対していられる機会は、そうないかもしれないな……」

そんなよくわからない独り言を重ねたルース様は、ひとつ深呼吸をすると、きしり、と、おそらくは先ほどまでリリーリアが腰掛《こしか》けていた椅子《いす》に座ったようだ。

「あなたが聞いていない今だから言えることを、いつかあなたに伝えられるようになるために、今から言葉にしていきますね」

先ほどより近い位置から聞こえた彼のそんな宣言に、私は内心首を傾《かし》げる。

ん？　んんん？

いや、普通に聞こえてるんだけど、いいのかな……。

聞こえてないから言えることってなんだろ？　実は不満なこととか……？

私に聞かれていないつもりなのだろうけど、口調は普段私に対するものに切り替《か》わったようだし、私に伝えたい気持ちはある……？

「……私も、あなたを愛しています。私と本当の夫婦に、なってください」

そう聞こえてきた刹那《せつな》、疑問も混乱も焦《あせ》りもなにもかもが吹《ふ》き飛んで、妙《みょう》なくらいに心が凪《な》いだ。

次の瞬間《しゅんかん》心の底から湧《わ》き上がってきた歓喜《かんき》が爆発《ばくはつ》し、全身が包まれる。

叫《さけ》びたいほど嬉しいのに叫べないもどかしさに臍《ほぞ》をかむ思いの私の耳に、そっとルース様の声が届く。

「……愛して、しまったんです。元々、愛しているつもりではいたのですが。けれど当初私があなたに抱《いだ》いていた感情は、たぶん崇拝《すうはい》かなにかで、対等な相手に対するものではなかったのでしょう。少なくとも、恋《こい》ではありませんでした」

薄々《うすうす》、そんな気はしてた。

すべてに過去形が付いていることに安堵《あんど》する私に語り掛けるように、ルース様は続ける。

「いつから恋愛《れんあい》感情に変わっていたのかは、わかりません。気づいたのは、【エマ】と呼んだあの男に嫉妬《しっと》をした瞬間です。私ごときにそうする権利はないとわかっているのに、あなたほど美しい人であれば、皆《みな》に愛されて当然だというのに。それでもどうしても、『私の妻なのに』と、思ってしまって……」

いや当然。それでいい。むしろ嬉《うれ》しい。

それなのに、まるで罪の告白をするかのような苦し気な声で心情を吐露《とろ》し続ける彼を宥《なだ》めることもできない我が身が、歯がゆくて仕方がない。

「……そう思った瞬間、自分がおそろしくて、こんな執着《しゅうちゃく》をあなたに向けることがあってはならないと思って、私は、屋敷《やしき》を出ました」

いやかまわないってば！　執着大歓迎《だいかんげい》！

嫉妬されても束縛《そくばく》されても、それだけ愛されているって喜ぶけど⁉

そう叫んでしまいたいのになにもできない私に、ルース様はゆっくりと語り掛け続ける。

「けれど、リリーリアさんとグラジオラス殿があちらに来て……。ふふ、リリーリアさんに、『エマニュエル様のしあわせを、勝手に判断なさらないでください』と叱《しか》られてしまいました。他《ほか》にも色々と話をしたのですが……、なにより、二人の様子を見て、すごく、しあわせそうだと思ったんです」

リリーリアが失礼なことを言ったのではないかと一瞬焦ったものの、愉快《ゆかい》そうな感じさえする穏《おだ》やかな声で、ルース様は続ける。

「正直うらやましかったです。私もあなたに会いたいと、思わされました。なにより、グラジオラス殿が、本当にしあわせそうで。もし私があなたの求めに応《こた》えたら、あなたもこんな風に笑ってくれるのだろうかと思い……、なにより大切なのはあなたのしあわせだと、気づけたんです」

ふっと、肩《かた》の力の抜《ぬ》けたようなため息が聞こえた。

「嘘《うそ》でも、いつか捨てられることがあっても、今あなたが喜ぶならなんだってかまわないじゃないか。あなたがあんな風に笑ってくれるなら、それこそが私の望みだ。そう、心の底から思いました。嫉妬も執着も、あなたの笑顔《えがお》のためなら絶対に抑《おさ》え込める。抑え込もう。この愛という感情の綺麗《きれい》な部分だけをあなたに捧《ささ》げようと決意し、こちらに戻《もど》ろうと決めました」

一段引き締《し》まった、決意の固さを思わせる声に変わったルース様は、私の頬をそっと撫《な》でながら、そう告げた。

嘘じゃないし捨てないし嫉妬も執着もしてくれていいのになぁ……。

汚《きたな》いと思っているらしい部分まで、その愛のすべてを私に示して欲しい。

ただこれに関しては、『色より、腕《うで》っぷしとそこに至るだけの努力を重視』という嗜好《しこう》とその前提になっている『一族と彼の性質』を明確にしているカランシアと違《ちが》い、『顔と性格が大事。正直色とか魔法《まほう》とかどうでもいい』とその前提になっている『私の前世』について話してない私が悪い。

あなたこそが私の好みなのだとちゃんと説明していないから、私の愛が今一つ信じられないし私が他に行く可能性を思い浮かべてしまうのだろう。申し訳ない。

「……なのに、私が戻る前に、あなたが倒《たお》れたと聞いて……。心臓が凍《こお》り付いたような心《ここ》地《ち》がしました。世界の色がすべて失われるかのようで……、私はもう、あなたなしでは、呼吸もままならないと痛感したんです」

そう絞《しぼ》り出すように語ったルース様の声は、かすかに震《ふる》えていた。泣いているのかもしれない。

申し訳なさが加速する。今すぐ飛び起きて土下座でもしたい。できないけど。

「今までいかに幸福だったかを実感し、なのになぜそれを大切にしなかったのかと、後悔《こうかい》しました。……だから、もう、なりふり構わないことにしました。ありえないとしても、あなたに愛されていると信じ、しがみついてやろうと。愛され続けるように、努力をしようと。そう、決めました」

どうやら、ルース様が先ほど言っていた『嘘でも、いつか捨てられることがあっても』の『嘘でも』の部分は、前世の開示を待たず、私が死にかけたことで吹っ切れたらしい。

まあ私がルース様のキスで目覚めれば相思相愛の証明になるというのもあるんだろうけど、失われると思って初めて今まで確かにそこにあったものに気づいたのかもしれない。

やっぱり申し訳ないような、前向きになってくれたことは嬉しいような。

そんな微妙《びみょう》な心地の私の頰《ほお》を撫でていた彼の指がとまり、その手のひらが、そっと私の顔に添《そ》えられた。

「どんな色の相手にだって、負けません。私が誰《だれ》よりも、あなたを愛していますから。どんなことでもします。なによりあなたを尊重します。見目の悪さはどうしようもありませんが……、それ以外の部分で努力を重ね、あなたをつなぎとめてみせましょう」

そう決意表明をする彼の声が、気配が、もはや吐息が顔にかかるほどに近づいて来ている。

「だから、きっとあなたは目覚めてくれると、私たちは愛し合っているのだと信じて、キスを、贈《おく》ります」

そんな宣言の少し後に、そっと柔《やわ》らかな感触《かんしょく》が、私の唇《くちびる》に重なった。
頬に添えられた手も、唇に触《ふ》れたおそらくは彼の唇も、少し冷たくて、震えていて。
彼の緊張と恐怖《きょうふ》が伝わってくるかのようだ。
もし、目覚めなければ。
私はそのまま、死んでしまうかもしれない。
私が彼を愛していないことにもなってしまう。
それはさぞや、こわいことだろう。
けれど。
ふわり、と、あたたかななにかが、唇から広がって、全身を撫でる。
徐々《じょじょ》に血が巡《めぐ》っていく感触。
なにかに撫でられた箇所《かしょ》から、私の体が私のものに戻っていくような心地がする。
桃色《ももいろ》の光を瞼《まぶた》の向こうに感じとった目が、開けられた。
「エマ……」
「私もルースのことを愛しているわ！　いっしょにしあわせになりましょう！」
嬉しそうに私の名を呼びかけた目の前の人に抱《だ》き着いて、私は勢いよく叫んだ。
色々、それはもう本当に色々と言いたかったことはあるけれど、一番伝えたいことを。
「えっ、えっと……？」

戸惑《とまど》う様子のルース様からそっと身を離《はな》し、ずっと眠《ねむ》っていたところからいきなり動いたせいで少しクラクラする体を根性《こんじょう》でねじ伏《ふ》せ、ベッドの上に座った状態で背筋を伸《の》ばす。

「まずは、謝罪を。伝える手段がなかったしわざとではない、とは、ただのいいわけね。……全部、聞こえていたの。ごめんなさい」

「…………ぜん、ぶ？」

ルース様はそう言って首を傾《かし》げ、硬直《こうちょく》してしまった。

「全部。ええ、もう、全部よ。お義母様《かあさま》、魔法を乱発されたのね。びっくりしたわ。怪我《けが》は……、なさそうでなにより。それから、あなたの嫉妬も執着も大歓迎。それが迷惑《めいわく》になるのって、一方的なときでしょう？　私もめちゃくちゃ嫉妬すると思うしあなたに執着しているから、双方向《そうほうこう》、相思相愛、なんの問題もなし！　ってことで！」

私がそう畳《たた》みかける間に、じわじわとルース様の顔が赤く染まっていった。

「ぜ、全部！　全部聞かれていたんですか⁉　うわ、うわぁっ……！」

ぐわっと両手で顔を覆《おお》い、彼は呻《うめ》いた。

かわいい！　かっこいいのにかわいい！　もう大好き！

正直そう言ってしまいたかったけれど、ますます恥《は》ずかしがってしまうかもなと思った私は、ちょっぴりと猫《ねこ》をかぶって、そっと落ち着いた声音《こわね》で伝える。

「私はあなたの本音が聞けて嬉しかったわ、旦那様《だんなさま》」

「……エマニュエルが喜んでくれたなら、なにより、です」

ちらりと手のひらから視線を上げて、満面の笑みの私を見たルース様は、若干涙目《じゃっかんなみだめ》だったけれど、確かにそう言ってくれた。

本当にかわいい。愛《いと》しさが爆発《ばくはつ》してしまう。

彼への愛しさと、ようやく彼と会話ができる喜びとをかみしめて、私は勇気を振《ふ》り絞る。

「では、あなたが隠《かく》したかったことを聞いてしまった代わり……、というわけではないのだけれど、私もひとつ、私の秘密をあなたに伝えるわ。……聞いてくれるかしら？」

「秘密、ですか……？」

ふしぎそうに顔を上げたルース様は、まだ顔は赤かったけれど、それでも真剣《しんけん》な表情に変わって背筋を伸ばした。

私の秘密を真剣に聞いてくれるつもりらしい。

「私、この世界の美醜《びしゅう》の感覚に、今一つ納得《なっとく》していないの。それというのも、私にはここことは異なる世界で生きていた記憶《きおく》があって――」

そう切り出した、私の長い長い話。

あまりに信じがたいだろうそれを、ルース様は真剣に聞いて、何度か質問は挟《はさ》んできたものの、疑うことも笑い飛ばすこともせずに、受け止めてくれた。

最後には『まあ、そうでもなければ、あなたが私を好きな理由に説明が付きません』と言ってくれた彼は、私の早世した前世に涙を流し、その分まで今これからの人生を幸福で満たしていこうと、誓《ちか》ってくれた。

その優《やさ》しさに、私はまた改めて、彼に惚《ほ》れ直したわけなのだけれども。

こうして私たちはこの日、真実心を通じ合わせた夫婦《ふうふ》となったのだった。

エピローグ

さて、ルース様の母の再襲撃《さいしゅうげき》を受けての捕獲劇《ほかく》の後、私が昏睡状態《こんすい》から目覚めたあの日から一週間が経《た》った、今日。

私とルース様は、談話室で優雅《ゆうが》な午後のティータイム……ではなく、背筋を伸ばす気力すら湧《わ》かないぐったりとした状態で並んでソファに座り、お菓子《かし》を齧《かじ》りながら紅茶を啜《すす》っていた。もはやそうとしか表現できないほど、雑な感じに。

「や、やっと帰った、わね……」

「さすがに公爵《こうしゃく》夫人にそこまで言うことはできませんが、まあ、エマを連れて帰られずに済んでよかったです……」

私とルース様はそう言って、互《たが》いの健闘《けんとう》を称《たた》えるように微笑《ほほえ》みを交《か》わす。

何日か前まで父が、先ほどまで母がこの家にいたのを、ようやく追い返したのだ。

というのも、私の両親であるベイツリー公爵夫妻は、私が殺されかけたことを重く見て、私を連れ帰ろうとしていた。

主犯は捕《と》らえたとはいえ残りの襲撃者もいたし、その主犯はルース様の血縁者《けつえん》。

父と母が『こんなところに娘《むすめ》を置いておけない』となるのも無理はないと思う。馬車なら一週間はかかる道のりを、王家が所有している飛竜《ひりゅう》を借りて文字通り飛び超《こ》えて翌日には駆《か》けつけてくれたこと含《ふく》め、両親の私を思う気持ちにちょっと感動もした。

けれど私は、ようやく心を通わせることができたルース様と、絶対に離れたくない。

もうこの地に嫁《とつ》いできた身だという自負もある。

だから、それはもう、抵抗《ていこう》した。

父には叱《しか》られ母には泣かれ二人揃《そろ》って『帰って来たら、エマの大好きなあれもこれも用意する』という趣旨《しゅし》のことを言われても。

仕事のため私ばかりをかまっていられない父が比較的《ひかくてき》すぐに、母が今日とうとう、それぞれ諦《あきら》めて帰るまで、ルース様といっしょになって説得に当たった。

まあ、説得というか、主にルース様ががんばってすべての襲撃者を捕縛《ほばく》し、隠し通路の対処を完了《かんりょう》し、公爵家からの者も含め私の護衛を増やしと、なんとか母が納得できるだけの状態にしたのだけれども。

ただ、私がここにいたいと望んでいることと、ルース様が私を大切にしてくれるということがきちんと伝わらなければ、条件が整っても母は引き下がらなかったと思う。だから説得であっているはず。

「護衛は増やさなくてもよかった気がするのだけれど……」

私が今更《いまさら》ながらそう言うと、ルース様がそっと私の手を持ち上げる。

「もちろん、今後は私がしっかりとあなたを護《まも》ります。けれど、エマは私の唯一《ゆいいつ》ですから、どれだけ護りを固めてもいいじゃないですか。愛しいあなたを、大切にしたいんです」

私の手をしっかりと握《にぎ》りしめ、真剣なまなざしで見つめながらそう言われては、過保護とは思うものの文句は言えない。

最近、私がルース様の顔に弱いことをよく理解されてきている気がする。愛称呼《あいしょう》びもされるようになって、崇《あが》め奉《たてまつ》りモードが抜《ぬ》けて少しからかい交じりに愛《め》でられる感じになってきたような……。

まあ、悪い変化ではないか。

「ルースも自信が付いてきたようで、なによりね。少し前のあなたなら、両親といっしょになって私に帰れと言いそうだったもの」

「そうですね。エマほど素晴《すば》らしい女性は、私なんかにはもったいないですから。ましてその身を護れなかったとあっては……。きっと、あちらに帰った方がしあわせだろうと考えたでしょうね」

そうなずいたルース様がたとえ過去形でもちょっと面白《おもしろ》くない私は、とんと体重をかけて彼にもたれかかる。

「私のしあわせは私が決めるわ。私はあなたの隣《となり》にいたいの。……私の望みは、なんだっ

て叶《かな》えてくれるのでしょう?」

「ええ。すべてはあなたの望むがままに、私の女神《めがみ》。あなたが私を望んでくれる奇跡《きせき》に、感謝いたします」

私が睨《にら》んでいるのに、彼はこの上なくしあわせそうに微笑み、甘い声音《こわね》でそう告げた。

……くそう。顔が良《い》い。

「あっちの世界に私たちが揃《そろ》っていたら、相手をしてもらえないのはむしろ私だわ……。ルースを慕《した》う人が多すぎて、近寄れもしないかも」

あまりに至近距離《きょり》でまぶしすぎる笑顔を食《く》らった私は思わずそう言って、そっと身を起こす。

「たとえどんな世界でだって、私はあなたがいい。他《ほか》に誰《だれ》がいようと、世間の評価がどうだろうと、私の唯一はあなたです。エマでなければ、意味がありません」

ソファにきちんと座りなおした私の顔をまっすぐに見つめ、ルース様はそう言った。

「私も同じように思っているのよ、私の唯一、愛しい人。あなたでなければ、意味がないの。『私なんか』なんて、二度と言わないで」

私の言葉に一瞬《いっしゅん》きょとんとしたルース様は、私の言葉を理解するにつれだろう、じわじわと頰《ほお》を赤く染め、照れくさそうに笑った。

推定悪役令嬢《れいじょう》の私を、『国で一番のブサイクに嫁がされた』と憐《あわ》れむ人もあざ笑う人もいるそうだ。

けれど私にとっては、こうしてこの人が笑い、そして私の隣にいてくれるこれからの日々こそが、絶対に最高のハッピーエンドなのである。

あとがき

この本をお手にとっていただき、ありがとうございます。恵ノ島《えのしま》すずです。

本作は、魔力《まりょく》とそれによって決まる髪《かみ》の色で主に美醜《びしゅう》が判断される世界に転生したヒロイン・エマが、自分国で一番ブサイクなんで……とネガティブ全開な（でもエマにとっては最高にかっこいい）ヒーロー・ルースを押せ押せで溺愛《できあい》していこうとするお話です。

「推定悪役令嬢《れいじょう》が美醜がヘンテコな世界で罰《ばつ》ゲーム的な縁談《えんだん》組まされそうになるけど美醜観がズレてるのでやったぜわーい」というカクヨムに書いた紹介《しょうかい》文通りの明るいテンションで貫《つらぬ》き通した元気いっぱいのエマと、斜《なな》め上に後ろ向きなルースのズレたやりとり、書いていてすごく楽しかったです。皆《みな》さんにも楽しんでいただければと思います。

かわいく美麗《びれい》なイラストを添《そ》えてくださった藤村《ふじむら》ゆかこ先生、担当S様及《およ》びレーベル関係者の皆様、ありがとうございました。古森《こもり》きりちゃん先生、あるるん、エンシェントみさん、美味《おい》しそうなにくまんちゃん、しんごさん、土屋《つちや》ちゃん、佳子《よしこ》ちゃん、他《ほか》友人たちもいつもありがとう。家族、愛犬ミルクにも最大級の感謝を。

それではまた。どこかで。

恵ノ島すず

BEANS BUNKO

「推定悪役令嬢は国一番のブサイクに嫁がされるようです」の感想をお寄せください。
おたよりのあて先
〒102-8177　東京都千代田区富士見2-13-3
株式会社KADOKAWA　角川ビーンズ文庫編集部気付
「恵ノ島すず」先生・「藤村ゆかこ」先生
また、編集部へのご意見ご希望は、同じ住所で「ビーンズ文庫編集部」
までお寄せください。

推定悪役令嬢《すいていあくやくれいじよう》は国一番《くにいちばん》のブサイクに嫁《とつ》がされるようです

恵ノ島《えのしま》すず

角川ビーンズ文庫　23081

令和4年3月1日　初版発行

発行者――――青柳昌行
発　行――――株式会社KADOKAWA
〒102-8177　東京都千代田区富士見2-13-3
電話 0570-002-301（ナビダイヤル）
印刷所――――株式会社暁印刷
製本所――――本間製本株式会社
装幀者――――micro fish

ISBN978-4-04-112321-8 C0193 定価はカバーに表示してあります。

◇◇◇

角川ビーンズ小説大賞
原稿募集中!
君の"物語"がここから始まる!
角川ビーンズ小説大賞がパワーアップ!
https://beans.kadokawa.co.jp
詳細は公式サイトでチェック!!!
【一般部門】&【WEBテーマ部門】
賞金 大賞100万円 優秀賞30万円 他副賞
締切 3月31日
発表 9月発表(予定)
イラスト／紫 真依